관계의 온도

청소년 테마 소설

관계의 온도

1판 1쇄 2014년 8월 5일 | 1판 12쇄 2023년 3월 20일
글쓴이 김리리 김민령 김이윤 김재성 은이정 이금이 이제미
책임편집 원선화 | 편집 남지은 엄희정 이복희 | 디자인 김이정 이지선
마케팅 정민호 이숙재 김도윤 한민아 이민경 안남영 김수현 왕지경 황승현 김혜원
브랜딩 함유지 함근아 박민재 김희숙 고보미 정승민 | 저작권 박지영 형소진 이영은
제작 강신은 김동욱 임현식 | 제작처 영신사
펴낸곳 (주)문학동네 | 펴낸이 김소영
출판등록 1993년 10월 22일 제2003-000045호
주소 10881 경기도 파주시 회동길 210
전자우편 kids@munhak.com | 홈페이지 www.munhak.com
북클럽 bookclubmunhak.com | 카페 cafe.naver.com/mhdn
인스타그램 @kidsmunhak | 트위터 @kidsmunhak
대표전화 (031)955-8888 팩스 (031)955-8855
문의전화 (031)955-3578(마케팅) (02)3144-3238(편집)

ISBN 978-89-546-2542-5　　03810

청소년
테마
소설

관계의 온도

김리리
김민령
김이윤
김재성
은이정
이금이
이제미

문학동네

| 차 례 |

이금이 … 1705호
007

김민령 … 너를 기다리는 동안
037

은이정 … 철용
063

김리리 … 수
091

이제미 … 미래의 남편
127

김재성 … 반송
149

김이윤 … 축지법은 있다
169

이 책을 읽고자 하는 청소년 여러분에게
197

이 금 이…1705호

3월 하순이었지만 봄은 아직 올 기미가 없었다. 꽃망울들이 부풀어 오르다 그대로 얼어붙길 반복했다. 사람들은 세상에서 실종된 게 마치 봄뿐인 양 호들갑을 떨었다.

1705호 사람들이 집 앞에서 그 아이와 처음 마주친 시기는 엇비슷했다. 아이를 가장 먼저 본 사람은 남매 중 둘째인 진규였다. 재수 끝에 서울 소재 대학에 합격한 그는 한 달째 신입생 환영회 중이었다. 그날도 진규는 잔뜩 취한 채 자정이 넘어서야 집으로 돌아왔다. 엘리베이터를 탄 진규는 무심코 9층을 누르다 꼭대기층인 17층으로 바꾸었다. 이사 온 지 열흘이 넘었는데 아직도 자꾸만 예전 집의 층수를 누르곤 했다.

엘리베이터 벽에 기대 깜빡 졸았던 진규는 문이 열리는 순간 서늘한 기운에 흠칫 놀라 몸을 일으켰다. 술기운과 잠기운이 섞인 그의 눈에 계단에서 내려오고 있는 남자아이가 보였다. 아이는 회색 교복 바지에 흰 셔츠와 후드 달린 감색 트레이닝복 상의를 입고 있었다. 늦은 시간 뜬금없이 나타난 아이의 모습에 진규는 층을 잘못 눌렀나 싶어 엘리베이터 문 위의 전광판을 올려다보았다. 분명히 17이란 숫자가 표시되어 있었다. 진규는 왠지 모를 섬뜩함 때문에 엘리베이터 밖으로 발을 내딛지 못한 채 그 아이를 바라보았다. 170센티미터 가량의 키에 중학교 2, 3학년쯤 돼 보이는 아이는 진규를 힐끗 일별하고는 아래층으로 내려갔다. 걷는다기보다는 마치 에스컬레이터를 탄 듯 스르르 움직이는 것 같았다. 진규는 혹시 술에 취해 헛것이 보이는 건 아닌가 싶어 고개를 흔들었지만 아이는 사라지지 않았다.

진규는 닫히는 엘리베이터 문을 황급히 열고 내렸다. 찬물을 뒤집어쓴 것 같은 오싹한 기운이 온몸을 휘감고 지나간 덕분에 그는 생각이란 걸 할 수 있었다. 위층 옥상으로 올라가는 문은 당연히 잠겨 있을 텐데 자정이 넘은 시간에 그곳엔 무엇하러 갔었을까. 의구심 가득한 눈길로 아이가 내려온 곳을 올려다보던 진규는 계단이 갈지자로 꺾이는 층계참 쪽 창문이 활짝 열려 있는 것을 보았다. 그곳에서 찬 바람이 들어오고 있었다.

그제서 진규는 피식 웃었다. 짜식, 담배 피우러 왔었나 보다. 아직 교복 차림인 걸 보면 집에 들어가기 전에 한 대 피운 모양이다. 사람들 눈을 피해 꼭대기 층까지 왔을 것이다. 진규는 자신이 막 빠져나온 십 대를 보내고 있는 아이에게 빼기고 싶은 마음과 연민의 정을 동시에 느끼며 창문 앞에 서서 담배를 한 대 피워 물었다.

그 아이를 두 번째로 본 사람은 새벽 기도를 다녀오던 안주인 정미숙 씨였다. 아들이 재수하면서부터 다시 신앙생활을 시작한 그녀는 기도의 힘을 믿었다. 아들이 서울에 있는 대학에 합격한 것도, 남편이 여지껏 무사히 직장을 다니고 있는 것도, 마음에 드는 이 아파트를 시세보다 훨씬 싼 가격에 얻은 것도 다 기도 덕분이라고 생각했다. 미숙 씨가 요즘 기도하는 주제는 남편의 승진과 대학교 졸업반인 딸 진주의 취직이었다. 아침 준비에 늦지 않게 귀가한 미숙 씨의 마음은 한없이 평화롭고 충만했다.

하지만 그 아이와 맞닥뜨린 순간 기겁한 미숙 씨는 터져 나오는 비명을 간신히 삼켰다. 아침 7시도 안 된 시간에 내 집 앞을 서성이는 낯선 사람을 보면 누구라도 놀랄 것이다. 요새는 어른보다 청소년이 더 무서운 세상이다. 게다가 뒤집어쓴 후드 안 아이의 얼굴은 희다 못해 파리한 형광색으로 빛나는 것 같았다. 미숙 씨는 마주친 아이의 눈길이 자신을 관통해 다른 무엇을 향하는 것 같다고 느꼈다. 아이는 서늘한 기운을 남긴 채 아래층 계단으로 사라졌다.

앞집 남매는 모두 유학을 갔다고 했고, 각각 노부부와 젊은 부부가 살고 있는 아래층에는 그만 한 아이가 없었다. 그럼 이 시간에 누구지? 유령이라도 만난 듯 후들거리던 마음은 잉크 냄새를 풍기며 문 아래 놓여 있는 신문을 보자 서서히 가라앉았다. 신문 돌리는 아이였나 보다. 오늘은 배달이 늦은 것 같다. 남편이 보급소에 전화를 해 댄 건 아닌지 모르겠다. 그런데 아이가 신문 뭉치를 들고 있었나? 빈 몸이었던 것 같은데. 이 라인에서는 우리 집만 이 신문을 보는지도 모르지. 종이 신문 구독률이 엄청나게 떨어졌다고 하지 않던가. 하긴 집에서도 신문을 열심히 보는 사람은 남편뿐이다. 이제 열대여섯 살밖에 안 돼 보이던데 신문을 다 돌리고 기특하네. 언제 또 마주치면 음료수라도 건네줘야겠다. 미숙 씨는 아이가 사라지고 없는 계단을 내려다보았다.

세 번째 목격자는 가장 박우석 씨였다. 지하철역 부역장인 그는 특별한 일이 없으면 8시 전에 귀가해 집에서 저녁을 먹었다. 그날도 평소처럼 7시 반쯤 도착했다. 엘리베이터 문이 열리자 내려가는 계단 중간쯤에 서 있던 아이가 자신을 힐끗 돌아다보더니 아래층으로 사라졌다. 교복 바지 차림이었다. 우석 씨는 얼른 그쪽으로 가 계단 난간에 묶어 놓은 자전거의 잠금장치를 확인했다. 자전거 옆에 떨어진 담배꽁초를 발견한 그의 미간에 주름이 잡혔다.

우석 씨는 십 대들을 좋아하지 않았다. 그들 때문에 골머리를 앓은 일이 한두 번이 아니었다. 낙서나 흡연, 기물 파손, 도둑질, 패싸움 같은 건 귀여울 정도였다. 전에 근무하던 역에서는 여중생이 화장실에다 아이를 낳은 뒤 버리고 간 사건도 있었다. 경찰서에서 본 여자애는 어찌나 멀쩡한 얼굴이던지, 그때 일을 생각하면 우석 씨는 저절로 고개가 저어졌다.

지난가을에 일어났던 사고도 그 또래 놈들 때문이었다. 공중도덕이라고는 모르는 놈들이 플랫폼에서 지들끼리 치고 패며 장난을 치는 통에 애먼 중년 여자 한 명이 선로 아래로 떠밀리는 사고가 일어났다. 때마침 공익근무요원이 현장에 있었기에 망정이지 삼십 초만 늦었어도 전동차에 치일 뻔한 아찔한 사고였다. 떨어지며 선로에 머리를 부딪친 중년 여자는 크게 다쳤고, 우석 씨는 관리 책임자라는 이유로 경찰서에 불려 다니고, 문책을 받고, 피해자 가족의 항의에 시달리고, 문병까지 다녀야 했다. 우석 씨는 승진에서 누락된 게 그 일 때문이라고 지금도 믿고 있었다. 하지만 정작 사고를 친 장본인들은 미성년자라는 이유로 아무런 형사처분도 받지 않았다.

개념도 버르장머리도 없는 놈들에게 어른 노릇을 마음 놓고 할 수 있는 세상도 아니었다. 늦은 시간 화장실에서 흡연하는 아이들을 훈계하던 장 주임은 그놈들한테 맞아 팔이 부러졌다. 우석 씨에게 교복 입은 아이들은 비행 청소년이거나, 잠재적 문제아들일 뿐이었다. 그런 아이들 중 하나일 게 분명한 녀석이—정상적인 아이라면 학원이나 집에 있어야 할 시간이다—집 앞을 얼쩡거리는 게 우석 씨는 영 찜찜했다.

마지막으로 그 아이를 본 사람은 맏딸 진주였다. 그녀는 취업 준비로 몸도 마음도 바쁘고 고달팠다. 어학연수를 다녀오지 못한 탓일까, 토익 점수가 잘 나오지 않아 스트레스가 심했다. 미래에 대한 불안감은 입시를 앞두고 있을 때와 비슷했다. 그날도 친구들과 취업 스터디를 하고 돌아오는 길이었다. 밤 10시를 조금

넘긴 시간에 엘리베이터에서 내리던 진주는 흠칫 놀랐다. 후드를 뒤집어쓴 낯선 아이가 올라가는 계단 중간쯤에 걸터앉아 있었다. 센서 등 불빛에 드러난 아이의 얼굴은 아무런 표정이 없어 마치 텅 빈 것 같았다. 덜컥 겁이 난 진주는 놀란 티를 내지 않으려 애쓰며 비밀번호를 눌렀다. 덜덜 떨리는 손가락이 버튼을 잘못 눌러 경고음이 울렸다. 그 순간 센서 등이 꺼졌다. 당장이라도 그 아이가 뒤에서 덮칠 것 같았다. 온몸에 식은땀이 흐르고 다리가 후들거렸다. 진주는 문을 쾅쾅 두드리며 비명을 지르듯 엄마를 불러 댔다.

"왜 그래? 무슨 일이야?"

미숙 씨의 놀란 목소리와 함께 문이 열렸다. 집으로 들어서며 진주는 힐끗 뒤를 돌아다보았지만 아이는 사라지고 없었다. 순간 추락하는 엘리베이터에 탄 것처럼 심장이 툭 떨어졌다. 진주는 문을 닫은 뒤 렌즈로 밖을 내다보았으나 불이 꺼진 집 앞은 캄캄했다.

"밖에 누구 있어?"

미숙 씨가 진주의 행동에 놀라 물었다. 딸의 감정이 전염된 듯 미숙 씨 얼굴에도 두려움이 가득했다.

"몰라. 어떤 애가 계단에 앉아 있었는데 금방 사라졌어."

진주는 떨리는 목소리로 말했다.

"자전거는? 자전거 있는 거 봤어?"

뉴스를 보다 진주가 문 두드리는 소리에 놀라 쫓아온 우석 씨가 물었다.

"아니. 그건 왜?"

"혹시 중학생쯤 된 놈이던?"

"맞아. 아빠가 어떻게 알아?"

우석 씨가 대꾸 없이 미숙 씨와 진주를 밀치고 문 쪽으로 갔다.

"뭐 하려고 그러는 거야?"

미숙 씨가 우석 씨를 잡았다. 이사 온 지도 얼마 안 됐는데 이웃과 불화를 일으키고 싶지 않았다. 아내의 만류를 뿌리친 우석 씨는 신발장을 열었다 닫았다 하며 소리를 낸 뒤 현관문을 열었다. 집 안에서 새어 나간 빛은 계단 쪽을 더 어둡게 만들었다. 우석 씨가 밖으로 나가자 센서 등이 켜졌다. 계단은 비어 있었고, 자전거는 묶인 채 얌전히 제자리에 놓여 있었다. 진주와 미숙 씨도 따라 나가 주위를 살폈으나 아이는 보이지 않았다. 우석 씨는 말없이 자전거를 들어다 베란다로 옮겼다. 그제야 안심한 얼굴로 손을 터는 우석 씨에게 진주가 물었다.

"왜, 걔가 자전거 훔쳐 갈까 봐?"

"그놈, 교복 입고 잠바에 달린 모자 뒤집어쓰고 있었지?"

"어, 맞아."

진주는 너무 무서운 나머지 자세히 보지 못했지만 후드를 썼던 건 분명히 생각났다.

"엊그제 그놈이 자전거 주위에서 얼쩡거리고 있더라고."

남편과 딸의 대화에 미숙 씨는 얼마 전 새벽에 봤던 아이를 떠올렸다. 그 아이의 옷차림과도 같았다.

"나도 며칠 전에 새벽 기도 갔다 오다 본 적 있어. 신문 배달하는 앤 줄 알았는데 아니었어?"

"새벽에도 왔었단 말이야? 그럼 우리 라인에 사나 본데, 도대체 몇 호……."

우석 씨 말이 다 끝나기 전에 번호키 작동 소리가 들리더니 진규가 들어섰다.

"아들 일찍 왔네."

미숙 씨가 반겼다. 오늘도 술 마시고 늦게 오면 한 소리 하겠다고 벼르는 남편 때문에 진규에게 몰래 문자를 보내 놓고서 마음 졸이던 중이었다. 인사 발령을 앞두고 남편은 잔뜩 예민해져 있었다. 자기 잘못이 아닌 사고 때문에 승진에서 두 번이나 미끄러졌으니 그럴 만도 했다. 그런 남편의 마음이나, 입시 때문에 고생했으니 좀 놀아 보자는 아들의 마음을 모두 이해하는 미숙 씨는 부자 사이에서 알게 모르게 고충이 많았다.

"이제 슬슬 정신 차리고 공부해야지. 근데 무슨 일 있어요?"

진규가 거실에 모여 서 있는 식구들을 의아한 눈길로 둘러보며 물었다.

"박진규, 너 집 앞이나 엘리베이터에서 중학생쯤 된 남자애 본 적 있어?"

진주가 물었다.

"남자애? 아, 걔?"

진규의 대답에 온 가족의 시선이 쏠렸다. 진규는 어리둥절한 얼굴로 식구들을 바라보았다. 이렇게 집중적인 관심을 받는 건 대학 합격자 발표 날 뒤로 처음이었다.

"봤어?"

진주가 채근하듯 물었다.

"그냥 오며 가며 봤는데, 몇 번."

"근데 왜 말 안 했어?"

미숙 씨 얼굴에 불안함이 서렸다.

"중딩이 담배 좀 피우는 게 뭔 얘깃거리라고 식구들한테 말해요."

"담배를 피운다고? 몇 호 앤데? 걔랑 말해 봤어?"

진주가 물었다.

"모르는 애랑 뻘쭘하게 무슨 얘기를 해? 근데 왜 그래? 그 중딩이 무슨 사고 쳤어?"

진규는 여전히 뭐가 뭔지 모르겠다는 표정이었다.

"어린놈이 벌써 담배나 피우고."

우석 씨는 못마땅한 기색으로 중얼거리며 소파에 가 앉았다.

"니들 뭐 좀 먹을래?"

미숙 씨가 집 안 분위기를 바꾸려는 듯 밝은 목소리로 물었다. 진규는 소개팅을 한 덕분에 술도 마시지 않고 평소보다 일찍 귀가했다. 상대는 첫눈에 반할 만큼은 아니었지만 애프터를 신청하고 싶은 정도는 됐다. 이른 저녁으로 스파게티를 먹어서인지 출출하다는 진규의 말에 미숙 씨는 얼른 만두를 쪘다. 그사이 진주와 진규는 옷을 갈아입고 씻은 다음 식탁에 와 앉았다. 진규는 만두를, 다이어트 중인 진주는 양상추 샐러드를 먹었다. 진주의 목표는 55 사이즈인 현재의 몸을 44 사이즈로 줄이는 거였다.

이런저런 대화를 나누다 화제는 다시 집 앞의 아이에게로 돌아갔다.

"근데 걔, 우리 라인에 사는 건 확실해? 그럼 그동안 왜 한 번도 못 봤지?"

진주가 고개를 갸웃거렸다.

"이사 온 지 얼마나 됐다고. 엘리베이터 타는 시간 다르면 못 보는 거지. 그리고, 우리 라인에 안 살면, 다른 데 사는 애가 굳이 여기까지 담배 피우러 온다는 거야 뭐야?"

진규가 '굳이'에 악센트를 넣어 말했다.

"어쨌거나 어린 나이에 담배 피우면 얼마나 건강이 상하겠어. 걔네 부모는 아나 모르겠다."

미숙 씨가 혀를 찼다.

"엄마, 혹시 몇 호 앤지 알아내서 뭘 어쩌겠다는 생각 하지 마.

우리한테 피해 주는 것도 없는데, 어쩌면 걔한테는 여기가 피난처일 수도 있잖아."

"피해 주는 게 왜 없어. 얼마나 놀랐는지 알아? 계단에 앉아 있는데 귀신인 줄 알았다니까."

진규의 당부에 진주가 항의하며 새삼스레 몸을 부르르 떨었다.

"가만, 혹시 진짜 귀신 아냐? 옛날에 우리 집이나 앞집 살다 사고로 죽은 거야. 가족은 이사 갔는데 걔는 여기가 그리워서 자꾸 나타나는 거지."

진규가 실실 웃으며 말했다.

"야! 하지 마."

진주가 빽 하고 소리치자 진규는 갑자기 정색을 하며 말했다.

"어, 누나 뒤에 와 있다."

진주가 비명을 지르며 손바닥에 얼굴을 묻었다. 장난기가 발동한 진규는 한술 더 떠 진주 어깨를 덥석 잡았다.

고함과 웃음소리가 뒤섞였다. 남매는 어릴 때처럼 우당탕거리며 법석을 떨었고, 우석 씨와 미숙 씨는 모처럼 아이들이 만들어내는 떠들썩한 분위기에 흐뭇한 미소를 지었다.

4월 중순이 되자 초여름인 것처럼 기온이 상승했고 개나리와 산수유와 벚꽃과 라일락이 동시에 피어났다. 사람들은 또 순리를 따르지 않는 게 계절뿐인 양 입방아를 찧어 댔다. 남들이 뭐라고 하든 진규에겐 그 꽃들이 한꺼번에 피어나는 게 자기를 축하해 주기 위해서인 것만 같았다. 소개팅했던 윤지와 사귀게 된 것이다. 여자친구가 생기자 이제야 진정으로 대학생이 된 기분이었다. 암울했던 입시를 견디고 나니 이런 날도 왔다.

오전 10시쯤 진규는 한참 동안 거울 앞에서 멋을 낸 뒤 집을 나섰다. 윤지와 함께 벚꽃 축제에 갔다가 점심을 먹고 카페에서 중간고사 공부를 하기로 했다. 여자친구와 함께하면 공부도 재미있을 것 같았다. 콧노래를 부르며 문 밖으로 나서던 진규는 누군가 방화문 뒤로 숨는 것을 보았다. 얼굴을 보진 못했지만 예의 그 아이임이 분명했다. 순간, 진규는 날씨처럼 환하던 마음에 검은 물감이 쏟아진 것처럼 불쾌해졌다.

아빠는 그 아이와 또 마주쳤을 때 남의 집 앞에서 뭐 하는 거냐고 했더니 그다음부터 안 나타난다고 했지만, 진규는 그 뒤로도 세 번인가 더 보았다. 하지만 가족에게 이야기하지 않았다. 아무것도 아닌 일 가지고 너무들 과민 반응을 보이는 것 같아서였다.

그런데 지금 이 찝찝한 기분은 뭐지? 진규는 시간 때문이라고 서둘러 스스로에게 대답했다. 오전 10시면 중딩은 학교에 있어야 할 시간이잖아. 학교 안 간 아이가 신경 쓰여서 그런 거야. 그런데 내가 뭘 어쨌다고 숨는 거야? 아빠 때문인가? 아빠는 분명히 의심하는 티를 냈을 것이다. 그래서 숨는 거니까 더 이상 신경 쓸 것 없다고 자신에게 말하면서도 진규는 엘리베이터의 닫힘 버튼을 초조하게 눌러 댔다. 도망치듯 아파트를 빠져나와 푸른 하늘과 눈부신 햇살 아래 섰지만 기분은 나아지지 않았다. 마치 컴컴한 방화문 뒤에 숨어 있는 게 자신인 듯 가슴이 조여 왔다.

진규는 방화문 뒤에 숨어 있다 끌려 나오던 영우의 얼굴을 떠올리고 싶지 않았다. 재수 없이 그 자리에 있었을 뿐이지 자신은 잘못한 게 없다고, 진규는 생각했다. 누구라도 그런 상황이라면 진규처럼 했을 테고 영우도 이해했을 것이다. 아니었다면 영우의 마지막 글에서 진규 이름이 빠졌을 리가 없다.

영우는 초등학교 4학년 때 전학 온 진규에게 가장 먼저 말을 걸어 준 아이였다. 서로 다른 중학교에 배정받은 뒤에도 진규는 종종 영우네 집에 놀러 갔다. 부모님이 함께 가게를 하는 터라 영우는 늘 혼자였다. 둘의 관계는 2학년이 된 다음 영우에게 새 친구들이 생기면서 소원해졌다. 진규는 이제 그들의 아지트가 된 영우네 집에 갔다 두 번이나 그냥 되돌아와야 했다. 자존심이 상한 진규는 영우를 친구 목록에서 제외했다.

그런데 어느 날 영우로부터 할 이야기가 있으니 집으로 와 달라는 문자가 왔다. 진규는 옛 친구를 되찾은 듯 설레는 마음으로 달려갔다. 엘리베이터를 기다리다 마음이 급해진 진규는 비상계단을 뛰어 올라갔다. 3층을 지나쳐 4층으로 꺾어지는 계단으로 접어드는데 영우네 집 문이 우당탕 열리며 누군가 튀어나왔다. 영우였다. 맨발인 영우가 잠시 우왕좌왕하더니 방화문 뒤에 숨었다. 뭐야, 이런 초딩 짓으로 날 놀래려고? 진규는 웃음기를 머금은 얼굴로 발소리를 죽인 채 걸어 올라갔다. 진규가 4층에 다다른 것과 영우네 집에서 세 명의 아이들이 몰려나온 것은 동시의 일이었다.

"이 새끼 어디 갔어?"

그중 키가 머리 하나는 더 큰 아이가 한 말에 진규는 자기도 모르게 방화문 쪽을 바라보았다. 한 아이가 방화문을 젖히자 맹수에 쫓기는 들짐승처럼 잔뜩 웅크린 영우가 모습을 드러냈다. 영우는 수치심과 공포가 뒤섞인 눈빛으로 진규를 올려다보았다. 진규는 갑작스러운 상황이 겁나고 당황스러워 아무것도 할 수 없었다.

"찐따 새끼, 겨우 여기 숨으려고 도망쳤냐?"

한 아이가 영우의 멱살을 틀어쥐고 일으켰다. 얼굴이 파랗게 질린 영우의 몸이 짐짝처럼 딸려 올라왔다. 다른 아이가 정강이를 걷어찼다. 영우가 비명을 지르며 무릎을 꿇었다.

"야, 너, 너희들 왜, 왜 그래?"

진규가 덜덜 떨며 간신히 말리는 시늉을 했다.

"새끼야, 뒈지고 싶지 않으면 그냥 가던 길 가."

명령에 따르는 로봇처럼 돌아서는 진규를 낚아챈 그들이 인적사항을 물었다. 진규는 이름과 학교, 반 등을 댔다.

“어디 가서 주둥이 나불거리면 학교로 찾아가서 묻어 버린다.”

진규는 덩굴식물처럼 따라와 자신을 휘감는 영우의 눈길을 뒤로하고 그 자리를 빠져나왔다.

진규는 그날의 일을 아무에게도 말하지 않았다. 아니, 놈들의 협박이 무서워 말할 수 없었다. 웅크린 채 떨던 영우 모습이 떠오를 때면 진규는 부러 냉소를 지었다. 먼저 생깐 게 누군데. 자신의 약하고 비굴한 모습을 본 영우가 껄끄러워 그의 전화번호에 수신 거부까지 걸어 놓았다.

얼마 뒤 영우는 자기네 아파트 계단 난간에서 열다섯 살의 생을 마감했다. 자기를 괴롭힌 아이들의 이름과 그들의 소행을 낱낱이 적은 편지를 남기고서였다. 학교도 다르고 동네도 달랐기 때문에 가족들은 진규가 영우와 아는 사이라는 것조차 모르고 지나갔다. 진규 또한 그날 일을 잊으려고 필사적으로 노력했고, 실제로 잊었었다. 그런데 아무런 예고도 없이 찾아온 그때의 기억이 진규를 구덩이 속으로 떠밀었다. 푸른 하늘과 맑은 햇살 때문에 더 깊고 어둡게 느껴지는 구덩이였다. 그때 문자 알림음이 들려왔다.

—어디쯤이야?

윤지의 문자는 괴로운 기억의 구덩이에 드리워진 밧줄이었다. 진규는 허겁지겁 그 줄을 잡고 구덩이에서 빠져나왔다.

그날 미숙 씨는 혼자 점심을 먹은 뒤 장을 보러 집을 나섰다. 인사 발령일이 다가오자 입맛을 잃은 남편을 위해 쌉쌀한 고들빼기김치를 담글 생각이었다. 문을 닫고 한 발짝 걸음을 떼어 놓던 미숙 씨는 등 뒤의 서늘한 기운에 고개를 돌렸다. 옥상으로 난 층계참에 그 아이가 앉아 있었다. 아이는 지난번처럼 후드를 뒤집어쓴 채 세운 무릎 위에 얼굴을 묻고 있었다.

미숙 씨는 휴대전화 시계를 보았다. 아직 학교가 파하지 않았을 시간이었다. 이런 시간에 보는 건 처음이었다. 그동안은 아들이 모르는 척하라고 해서 그냥 지나쳤지만 더 이상은 안 될 것 같았다. 당장 몇 호에 사는지 알아내 아이 부모한테 이 사실을 말해 줘야 한다. 아이에게 직접 물어보지 않아도 경비실에 가면 알 수 있을 것이다. 그런데 다시 본 층계참은 텅 비어 있었다. 시간을 확인하는 그 짧은 순간에 아무런 기척도 없이 사라진 것이다. 뼛속까지 얼 것 같은 차가운 기운이 살갗을 쓸고 지나갔다. 미숙 씨는 서둘러 경비실로 갔지만 순찰 중이라는 팻말이 걸려 있을 뿐 아무도 없었다. 휴대전화를 걸어 경비원을 호출할까 하다가 참고 마트부터 갔다.

김칫거리를 배달시켜 놓고 돌아오며 생각하니 아이 부모한테 말하는 건 오버 같았다. 자칫하면 남 일에 참견하기 좋아하는 오지랖 넓은 여편네 취급을 받을 수도 있다. 미숙 씨는 전에 살던 아파트에서의 일이 생각나 고개를 저었다.

경비실을 그대로 지나쳐 아파트 쪽으로 가던 미숙 씨는 놀이터 벤치에 405호 할머니가 앉아 있는 걸 보았다. 나무 그늘이라 평소에는 노인들이 많았는데 오늘은 할머니 혼자였다. 직장 다니는 며느리 대신 봐주는 손주가 유모차 안에서 잠들어 있었다. 미숙 씨는 계속 자기 쪽을 바라보는 할머니를 모르는 척할 수 없어 인사했다.

"어디 다녀오우?"

무료한 기색이 역력한 할머니는 줄을 쳐 놓고 먹이가 걸리길 기다리는 거미 같았다. 미숙 씨는 집 앞의 그 아이가 떠올랐다. 부모에게 알리지는 않더라도 도대체 몇 호 아이인지 궁금했다. 그리고 혹시 무슨 일이 생겼을 때를 대비해서 알아 두는 게 좋을 것 같았다.

"마트에요."

벤치에 앉은 미숙 씨는 장바구니를 뒤져 금연 중인 남편을 위해 산 사탕을 몇 개 꺼내 할머니에게 건넸다.

"아유, 뭘 이런 걸…… 고맙수."

미숙 씨는 준 것에 비해 지나치게 고마워하는 할머니를 보자 친정어머니가 떠올라 마음이 짠해졌다.

"애기 자는데 들어가시지 않구요."

"집에 들어가면 귀신같이 알고는 깨서 울고 보챈다우. 이 어린 것도 봄볕 좋은 건 아나 봐."

미숙 씨는 할머니와 잠시 이런저런 이야기를 나누었다. 어떤 사람인지도 모르면서 냉큼 속내를 드러내서는 안 될 것이다. 섣불리 그 아이에 대해 물었다가 괜한 오해를 살 수도 있다.

이사 오기 전 살던 아파트 위층에 초등학교 다니는 아이들이 있었는데 얼마나 뛰어 대는지 노이로제가 생길 판이었다. 두 번 경비실을 통해서 항의하고 실제 찾아간 건 딱 한 번뿐이었는데 생활 소음도 못 참는 인정머리 없는 여자 취급을 받았었다. 그때 생각을 하니 새삼 다시 억울해졌다. 십 년 가까이 살았던 정든 동네를 떠난 건 결국 미숙 씨네였다. 결과적으로는 동네나 브랜드가 더 괜찮은 아파트를 시세보다 싼 가격에 샀으니 전화위복이 된 셈이지만 말이다. 게다가 꼭대기 층이라 위층의 소음에 스트레스받을 일도 없고 전망까지 좋으니 이만하면 충분히 보상받았다.

"우리 라인에는 주로 젊은 부부가 사나 봐요. 애들이 다 어리더라고요."

미숙 씨는 슬며시 운을 떼었다.

"그렇지도 않아. 1205호 딸내미들도 중학생이고, 우리 아래층 딸도 고등학생이야. 606호 아들은 대학생이고, 206호 아들은 군대 갔을걸."

예상대로 405호 할머니는 집집의 사정을 잘 알았다.

"중학생 남자애가 있는 집은 없나 보네요. 우리 아들이 과외를 알아보고 있는데, 남자 중학생을 가르치고 싶다고 하더라고요."

미숙 씨는 그럴듯하게 지어냈다.

"전에는 있었는데 지금은 없어."

아기가 뒤치며 찡찡거리자 할머니가 유모차를 살살 움직였다. 아기는 다시 잠이 들었다.

"지금은 없다고요?"

미숙 씨는 놀라 물었다. 그럼 그 애는 누구지? 정말 몰래 담배 피우려고 다른 라인이나 동에서 왔다는 거야? 그런데 왜 하필 우리 집 앞이지? 미숙 씨는 이해가 되지 않았다.

"집이 이사 오기 전에는 1705호에도 중학생 아들내미가 있었지. 그 앞집 큰놈도 중학교 다니다 유학 갔고. 그 집 아주 싸게 들어왔지?"

할머니가 불쑥 물었다.

"네? 네, 뭐……."

갑작스러운 질문에 미숙 씨는 얼버무렸다.

"어디 가서 그 값에 샀다고 하면 안 돼. 그 집이야 워낙 사정이 있어서 급매로 내놓은 거지 그게 시세는 아니니까."

할머니가 갑자기 목소리를 낮춰 말했다. 미숙 씨도 싸게 산 건 좋았지만 그 가격을 떠벌리고 다닐 생각은 없었다. 주변 사람들한테 이야기할 때도 운이 좋아 싸게 산 것이지 시세는 더 비싸다는 것을 꼭 밝히곤 했다.

"네. 저야 좋지만 전 주인은 많이 속상했겠어요. 그런데 무슨 사정이길래 그렇게 싸게 내놓은 거래요?"

매매 계약을 할 때도, 이사 날 잔금을 치를 때도 미숙 씨는 전 주인을 보지 못했다. 집주인 대신 부동산 중개업자가 대리인 자격으로 나서서 일을 진행했기 때문이다. 외국에 나가 있어 올 수 없다고 했었다.

"그런 일을 겪었는데 그 집에서 한신들 살고 싶었겠어."

할머니가 한숨과 함께 말했다.

"그런 일이요? 무슨 일인데요?"

미숙 씨가 깜짝 놀라 묻자 할머니는 퍼뜩 정신을 차린 듯 허둥댔다.

"이미 지난 일인데 알면 뭐하우. 공연히 쓸데없는 말을 했네. 이래서 늙으면 죽어야 한다니까. 신경 쓸 것 없수."

할머니는 자기 입을 쥐어박고 싶어 하는 표정으로 아기가 곤히 자고 있는 유모차를 괜스레 밀었다 끌었다 했다. 할머니의 심상치 않은 태도에 미숙 씨는 더 궁금해졌다. 그때 마트 배달차가 아파트 입구에 멈춰 섰다.

"어서 가 보우. 내 말은 신경 쓰지 말고."

할머니가 그렇게 말하니까 더 신경 쓰였다.

마트의 배달 물건은 미숙 씨네 것 말고도 두 개가 더 있었다.

"1705호 건 제가 가져갈게요."

배달원은 미숙 씨 배려에 고마워했다.

짐을 들고 엘리베이터에서 내리며 미숙 씨는 조심스레 주위를 살폈다. 같은 라인에 중학생 남자아이가 없다는 걸 알고 나니 집 앞에 나타나는 그 아이가 더 수상하게 여겨졌다. 남편 말처럼 언제 어떤 사고를 칠지 모르는 질 나쁜 아이일 수도 있다. 진규는 별일 아닌 것처럼 말했지만 고작 중학생 나이에 담배를 피우고, 학교에서 공부할 시간에 여기 있는 것 자체가 문제인 것이다. 그런 아이가 집 앞을 맴돌며 지금도 어딘가 숨어 있을지 모른다고 생각하자 무서워졌다.

같은 라인 아이가 아니니 평판 따위 신경 쓸 것 없이 경비실에 신고해도 될 것이다. 하지만 장 본 것들을 정리하며 생각해 보니 아이가 무슨 짓을 저지른 것도 아닌데 그저 집 앞에 있다는 이유만으로 신고를 하는 것도 이상했다. 그리고 엄밀히 따지자면 그 아이는 공동 구역인 비상계단을 이용했을 뿐이다. 그걸 가지고 문제 삼으면 까칠하다거나 신경과민이란 소리를 들을지도 몰랐다.

김칫거리를 다듬기 전 미숙 씨는 허브차를 한 잔 만들어 식탁에 앉았다. 그건 그렇고 할머니 이야기는 무엇일까? 전 주인은 무슨 일을 겪었길래 통상적인 급매 가격보다 훨씬 싸게 집을 내놓았을까? 겪은 일의 정도가 액수와 비례한다면 아주 큰일일 것이다. 이 집에 우리가 모르는 커다란 하자가 있는 건 아닐까? 혹시 장마 때 비가 줄줄 새는 거 아니야? 아니면 무슨 사건 사고가 있었던 걸까? 혹시 강도? 살인? 문득 떠오른 생각에 가슴이 철렁 내려앉았다. 내가 지금 무슨 생각을 하는 거야? 그런 일 같았으면 뉴스에 나왔었겠지. 나왔는데 내가 모르는 걸 수도 있잖아. 그랬다면 부동산에서라도 말해 줬을 거야. 아니, 그런 걸 누가 말해 주겠어? 대신 싸게 내놓은 거잖아. 그때 좀 더 알아봐야 했나? 그만해. 미숙 씨는 마음을 다잡았다. 삿된 생각에 빠지면 한도 끝도 없어. 할머니 말대로 신경 쓰지 말아야지.

하지만 미숙 씨는 얼마 뒤 컴퓨터를 켰다. 차라리 아무 일 없었다는 걸 직접 확인해 보는 게 낫겠어. 미숙 씨는 인터넷 검색창에 아파트 이름을 쳤다. 조심스레 마우스 휠을 움직이던 미숙 씨의 손이 멈췄다. 손이 떨리기 시작했다. 중학생 남자아이의 투신자살 기사였다. 날짜를 보니 넉 달 전이었다. 성적 비관이 자살 이유라는 짤막한 내용으로 동네와 아파트 이름만 나왔을 뿐 아이 이름과 몇 동인지는 밝히지 않았다.

진규 목소리가 환청처럼 들려왔다.

'혹시 진짜 귀신 아냐? 옛날에 우리 집이나 앞집 살다 사고로 죽은 거야.'

온몸에 소름이 돋았다. 말도 안 돼. 진규가 장난친 거잖아. 미숙 씨는 고개를 가로젓곤 차를 한 모금 마셨다. 향긋한 허브 향이 입 안 가득 퍼졌다. 미숙 씨는 뛰는 가슴을 달래기 위해 거실 안을 서성거렸다. 기사를 본 이상 정확하게 모든 것을 알아야 했다.

미숙 씨는 다시 컴퓨터 앞에 앉아 기사 검색을 더 했지만 그 이상의 내용은 없었다. 아파트 커뮤니티 사이트도 들어가 보았으나 공개된 페이지에서는 투신자살에 관한 글을 찾을 수 없었다. 미숙 씨는 회원 가입을 한 다음 입주민 게시판에 들어갔다. 그리고 지난 페이지에서 글을 찾아냈다. 명복을 빌거나 안타까워하는 댓글 속에는 아파트값이 떨어질까 봐 걱정하는 내용도 들어 있었다. 자꾸 거론할수록 아파트 이미지만 나빠지니 조용히 덮어 두자는 글에 가장 호응이 높았다. 많은 댓글들 중에서 확대경을 들이댄 듯 204동 1705호라는 글자가 도드라졌다. 미숙 씨는 추락하듯 의자에서 바닥으로 미끄러져 내렸다.

'가족은 이사 갔는데 개는 여기가 그리워서 자꾸 나타나는 거지.'

진규의 말이 선고하는 판사의 나무망치처럼 미숙 씨 가슴을 두드렸다. 아까 잠깐 새 기척 없이 사라졌던 모습이 떠올랐다. 후드 속에서 파리하게 빛나던 얼굴과 섬뜩했던 느낌도 함께 기억났다. 옷차림이 계속 같은 것도 마음에 걸렸다. 비명을 지르며 문을 두드리던 진주가 생각났다. 그때 진주는 귀신이라도 본 것 같은 얼굴이었다. 살갗에 괜히 소름이 돋았던 게 아니었다.

아냐, 그럴 리 없어! 미숙 씨는 허둥지둥 경비실로 내려가, 계단에 묶어 놓은 자전거가 없어졌다는 거짓말을 하고는 아이를 본 시간 전후로 해서 감시 카메라 영상을 확인해 보았다. 204동 뿐 아니라 주변도 살펴보았지만 아이 모습은 어디에도 없었다.

간신히 집으로 돌아온 미숙 씨는 무너지듯 거실 바닥에 주저앉았다. 우리에게 왜 이런 일이! 우리가 뭘 잘못했다고! 온갖 원망과 분노가 회오리바람처럼 한바탕 휘젓고 지나갔다. 미숙 씨는 당장 이 집을 떠나고 싶었다. 하지만 부동산 경기가 최악인 요즘으로선 쉬운 일이 아니었다. 미숙 씨는 마음을 다잡았다. 신이 자신을 시험하는 것이다. 더 좋은 것을 주기 위해 시련을 주시는 것이다. 집 앞에 나타나는 아이가 귀신이라면 더 이상 겁낼 것 없다. 산 사람이 무섭지, 이미 죽은 사람에겐 힘이 없다. 귀신에게 능력을 부여하는 건 산 사람들의 두려움이다. 이겨 내리라 결심한 미숙 씨는 무릎을 꿇고 앉아 기도하기 시작했다.

미숙 씨는 이 사실을 아무에게도 이야기하지 않기로 했다. 남들에게 말했다가 장난으로라도 귀신 나오는 집이라는 딱지가 붙으면 큰일이다. 주인이 된 이상 샀을 때보다 집값이 더 떨어지는 건 받아들일 수 없었다. 가족에게도 마찬가지였다. 믿지도 않을 남편에게 굳이 이야기해 신경 쓰게 하고 싶지 않았다. 겁 많은 진주가 알면 당장 이사 가자고 난리를 피울 테고, 진규는 젊은 혈기에 괜한 짓을 저지를지도 모른다.

친정어머니가 귀신은 관심 주는 사람한테 들러붙는 법이라고 했었다. 귀신이 제풀에 사라지도록 지금처럼 그냥 모르는 척하는 게 상책이다. 그 아이가 할 수 있는 일이라곤 지금까지처럼 집 주변을 배회하는 정도일 것이다. 그마저도 때가 되면 그칠 것이다. 미숙 씨는 더 열심히 새벽 예배에 참석하고 봉사도 다녔다.

주말 밤, 미숙 씨는 풍성하게 차린 식탁으로 가족을 불러 모았다. 우석 씨가 드디어 역장으로 승진하게 된 것을 축하하는 자리였다. 오래간만에 온 가족이 함께하는 저녁 식사이기도 했다.

"아빠, 축하해!"

진주가 새로 발령받은 역으로 첫 출근하는 날 매라며 넥타이 선물을 내놓았다.

"축하합니다, 역장님! 아들 축하주 한잔 받으세요."

진규가 너스레를 떨었다.

"남들은 벌써 다 올라간 자린데 뭘."

우석 씨가 벙싯대는 표정을 감추려고 애쓰며 술잔을 받았다.

"여보, 그동안 마음고생 많았어요. 앞으로는 좋은 일만 있을 거예요."

미숙 씨는 자신에게 들려주듯 말했다. 그 뒤로도 아이는 집 앞에 간간이 나타났지만 미숙 씨는 보이지 않는 양 무시했다.

"고마워. 모두 가족이 성원해 준 덕분이야."

늘 접혀 있던 미간의 주름이 펴진 우석 씨는 한없이 사람 좋은 얼굴로 술을 털어 넣었다. 불판에서 삼겹살이 노릇노릇 구워지고 있었고 1705호 식구들은 공중에서 술잔을 부딪쳤다. 기분 좋게 오른 취기에 분위기가 더욱 활기차고 떠들썩해졌다.

"어?"

상추에 삼겹살을 올리고 마늘과 고추와 쌈장을 얹어 크게 한 쌈 만들어 입에 넣으려던 진규의 눈이 베란다 창에 붙박였다. 어두워진 창밖으로 무언가 휙 지나가는 것 같았다.

"왜 그래?"

"뭔데?"

"아니야, 잘못 봤나 봐."

식구들의 물음에 진규는 대답하며 쌈을 입에 넣었다. 그때 희미하게 쿵, 하는 소리가 들려왔다.

"뭐지?"

"무슨 소리 난 것 같지?"

"차가 뭘 박았나 본데."

"자, 자, 술잔 찼습니다. 아빠가 건배사 하세요."

"우리 가족의 안녕과 행복을 위하여!"

"위하여!"

술과 함께 웃음소리도 흘러넘쳤다.

다음 날 방송 뉴스와 신문이 한 아이의 죽음을 알렸다.

10일 오후 8시 45분께 ○○시 ○○구 해피드림 아파트 화단에 ○○중학교 3학년 A군(15세)이 떨어져 숨져 있는 것을 경비원이 발견해 경찰에 신고했다. 주머니에서 발견된 유서에는 먼저 세상을 떠난 친구에 대한 미안함과 그리움이 적혀 있었다. 경찰은 유서를 바탕으로 A군이 작년 12월 21일, 성적 비관으로 17층에서 자살한 B군(당시 14세)을 그리워한 나머지 같은 장소에서 투신한 것으로 추정하고 있다. 평소에 잠겨 있던 옥상 비상문이 그날은 방수 공사를 이유로 열려 있었던 것으로 확인됐다. 경찰은 유서 내용 외에 성적에 대한 고민이나 집단 따돌림, 학교 폭력 등이 있었는지 등 정확한 자살 경위를 밝히는 데 주력하고 있다.

김 민 령…너를 기다리는 동안

나나가 없는 며칠 동안, 학교 교문 앞에는 낯선 아이가 나타났다. 그 애는 빛바랜 검정색 파카를 입고 안에 입은 후드 티의 모자를 뒤집어쓴 채 교문으로 들어가는 아이들을 바라보고 있었다. 첫날, 그 애를 눈여겨보는 사람은 아무도 없었다. 아이들은 하얀 입김을 내뿜으며 학교 안으로 종종걸음 쳤고, 생활지도를 나온 선생님들도 대충 시늉만 하다가 얼른 자취를 감추었다. 공기가 쨍하고 깨질 것처럼 추운 날이었다.

—나 지금 병원…… 아무래도 맹장이 터졌나 봐. 미안. 기다릴까 봐^^

아침에 일어나 보니 문자메시지가 와 있었다. 수신 시간은 새벽 4시 36분. 나는 물끄러미 화면에 떠 있는 말풍선을 들여다보았다. 나나에게서 받은 첫 문자메시지였다.

아침 등굣길에 나나를 만나 십오 분 정도 되는 거리를 함께 걷게 된 지는 세 달 남짓 되었다. 2학기가 시작되고 얼마 되지 않았을 때 우연히 마주쳐 몇 번 같이 오던 것이 조금씩 잦아졌고, 어느 순간부터는 매일 전철역 출구에서 나나를 만났다. 나나는 늘 두 손을 가지런히 모으고 빵집 파라솔 아래에서 나를 기다리고 있었다. 나나가 보이지 않았다면, 나는 멈춰 서서 나나를 기다렸을까? 되돌아보면 그런 적은 한 번도 없었다. 어쨌거나 먼 거리를 통학하느라 늘 같은 전철을 타야 했던 나는 등교 시간이 일정했다.

둘이 걷던 길을 혼자 걷는다는 건 생각보다 어색한 일이다. 의외로 외롭다거나 심심하다거나 하지는 않았지만 이상하게도 꽤 낯설었다. 늘 건너던 횡단보도는 새로 칠한 것처럼 하얗게 빛났고, 학교 건너편 편의점은 유난히 좁고 답답해 보였다. 학교로 가는 언덕길에 아는 얼굴은 하나도 없었다. 모든 거리 풍경이 15도 정도 각도를 튼 것처럼 느껴졌다.

그러고 보면 그날 아침은 여느 날과 같은 점이 하나도 없었다. 내가 식탁에 앉아서 휴대전화를 만지작거리는 동안, 엄마는 모처럼 앞치마를 두르고 상을 차렸다. 소고기뭇국에 고등어구이까지, 아침으로는 보기 드물게 거한 밥상이었다. 평소에는 부스스한 머리로 소파에 앉아 내가 화장실과 주방을 왔다 갔다 하는 모습을 지켜보기만 하던 엄마였다. 무슨 바람이 불었을까. 그러나 마지막 순간에 엄마는 밥통이 비어 있다는 걸 깨달았다. 이런, 밥을 안 했네. 나는 짭짤한 고등어 살을 몇 점 집어 먹고 자리에서 일어났다. 엄마는 운동화를 신고 있는 내게 사과 한 알을 내밀었다. 아침을 굶으면 안 되지. 나는 잠깐 엄마를 물끄러미 바라보았다. 딸의 아침밥을 한 번도 빼먹지 않고 챙겨 줬던 것처럼 구는 엄마가 무척 낯설었다. 나는 사과를 조금씩 베어 먹으며 전철역으로 갔다.

학교 교문 앞에서 검정 파카를 입은 여자애를 보았다. 그 애는 나하고 눈이 마주치자 이유도 없이 배시시 웃더니 금세 고개를 돌렸다. 부끄러워하는 것 같기도 하고 미안해하는 것 같기도 했다. 아무래도 다른 사람과 눈 마주치는 일이 익숙하지 않은 모양이었다. 그 애는 계속해서 쉴 새 없이 안으로 들어가는 우리 학교 아이들을 멍한 표정으로 살폈다.

"뭘 그렇게 봐?"

흘깃 옆을 보니 같은 반 박원이 서 있었다. 키가 훌쩍 큰 박원은 언제나 그렇듯 구부정한 자세로 내 시선을 따라 검정 파카를 건너다보았다.

"뭐, 아무것도 아니야."

"아는 애야?"

"아니."

나는 교문 안으로 발걸음을 옮겼다. 운동장을 가로지르는 동안 박원은 보폭을 줄여 내 속도에 맞춰 주느라 조금 휘청거리며 걸었다. 우리를 앞질러 가는 아이들이 어이, 박원! 하고 소리치며 인사를 건넸고, 그때마다 박원은 귀찮다는 듯 한 팔을 들어 건성으로 흔들었다.

"오늘은 모처럼 혼자네."

박원이 백팩을 왼쪽으로 바꿔 메며 무심히 중얼거렸다.

"뭐가?"

"매일 김나나랑 같이 오잖아."

"그랬나?"

"그랬나라니, 나 참."

박원은 무언가 할 말이 있는 눈치였지만 더 이상 입을 열지 않았다.

나는 박원의 옆모습을 올려다보았다. 얼굴이 희고 눈매가 갈쭉한 박원, 다리가 길고 농구를 좋아하는 박원, 친구가 많고 나나가 짝사랑하는 박원. 나나가 있었더라면 박원과 함께 교실로 들어가는 이 순간을 무척 즐거워했을 텐데.

나나는 언제나 학교로 가는 길 내내 박원에 대해 이야기했다. 어깨에 아무렇게나 걸쳐 멘 검정색 백팩과 고개를 갸우뚱하고 이야기를 듣는 버릇, 무심하게 툭툭 내뱉는 말투 같은 것들에 대해서. 나나는 누군가에게 박원 이야기를 하고 싶어서 나를 기다리는 것 같기도 했다. 처음에는 어째서 이런 이야기를 나한테 털어놓는 걸까 의아했지만 곧 익숙해졌다. 나나가 저만큼 보이면 나는 얼른 귀에 꽂고 있던 이어폰을 뺐다.

"나나, 맹장염이래. 병원이라고 새벽에 문자 왔더라."

"아, 그래?"

"응."

"김나나, 이제 우주여행은 다했네."

박원이 어쩐지 힘 빠진 듯한 목소리로 말했다.

1교시가 끝나고 쉬는 시간에 창밖을 내다봤다. 초록색 철문 밖으로 검정 파카가 보였다. 2교시가 끝난 뒤에도, 3교시가 끝난 뒤에도, 그 애는 길 잃은 곰처럼 우두커니 서서 운동장 안을 들여다보고 있었다. 왜 그런지 이유는 알 수 없었지만 묘하게 신경이 쓰였다.

어쩌면 나나가 없어서 조금은 예민해졌는지도 모르겠다. 박원이나 다른 애들이 보기에는 어땠는지 몰라도 나는 나나가 내 단짝 친구라고는 한 번도 생각해 본 적이 없었다. 단짝이라고 해도 되는지 자신이 없었다. 요즘 누구랑 가장 친해? 엄마가 물어 올 때마다 내 대답은 같았다. 친구 없는데. 그러면 엄마 눈빛이 순식간에 컴컴해졌다.

나나하고 나는 아침마다 학교로 가는 언덕길을 나란히 걷고, 급식도 함께 먹었다. 학교에서 빈 시간을 함께 보낼 아이가 있다는 것은 꽤 괜찮은 일이었다. 아마 불시에 샤프심이나 동전이 필요하게 된다면 나나에게 가장 먼저 손을 내밀었을 것이다. 하지만 나는 늘 샤프심을 넉넉히 가지고 다녔고, 예상 못 한 지출을 해야 할 일도 없었다. 나나는 그냥, 같이 다니는 아이였다. 이렇게 먼 곳에 있는 고등학교에 진학한 이유나 늘 우울해하는 엄마에 관한 이야기를 나는 단 한 번도 하지 않았다.

점심시간에는 적당한 핑계를 대고 교실에 남았다. 나나가 없으니 같이 밥 먹으러 가자고 권하는 아이들이 많았다. 다들 상냥했다. 신경을 써 주는 건 고마웠지만 그래도 전후 사정을 잘 모르는 대화에 끼고 싶지는 않았다. 나나와 점심을 먹을 때도 나는 주로 묵묵히 듣는 편이었지만, 나나 없이 혼자 밥을 먹을 수 있을 것 같지 않았다. 나는 나나가 있을 때보다도 더 많이 나나에 대해 생각했다. 나나의 상황이 궁금했지만 휴대전화는 아침 조회 때마다 담임 선생님이 걷어 가 버린다. 아침에 답장을 보내지 못한 것이 못내 마음에 걸렸다.

교실이 어느 정도 빈 뒤, 창가로 다가가 창문을 열었다. 휘잉, 12월의 찬 바람이 불어왔다. 교문 밖 보도는 텅 비어 있었다. 겨울의 창백한 해가 조금씩 서쪽으로 기울었다.

둘째 날, 검정 파카가 나한테 말을 걸어왔다.

"저기…… 몇 학년?"

쭈뼛쭈뼛 조심스러웠지만 그런 태도와는 어울리지 않게 대뜸 반말이었다. 가까이서 보니 나이를 가늠하기가 어려웠다. 또래인 것 같기도 하고 열 살쯤 많아 보이기도 했다.

"1학년인데요."

"친구를 찾고 있는데……."

그 애는 말끝을 흐리면서 내 표정을 살폈다. 나는 잠자코 다음 말을 기다렸다.

"좀 이상한 이야기인지는 모르겠지만 이름은 잘 몰라. 서연이 아니면 서현이일 거야. 아니면 수연이나 수현이…… 아니, 아예 다른 이름인지도 모르겠어. 뭐, 어쨌든 이름이 중요한 건 아니잖아?"

그 애는 잠깐 말을 멈추고 손톱을 잘근잘근 물어뜯었다. 무언가 생각하는 듯했지만, 별 의미 없는 버릇 같기도 했다. 이름이 중요하지 않다니, 도대체 무슨 얘길까.

"……뭐, 어쨌든 이 학교에 다니는 건 확실해. 아마 1학년일 텐데, 키가 작고 아주 빼빼 말랐어."

그러면서 그 애는 오른손을 모로 들어 자기 턱 밑을 가리켰다.

서연이나 서현이, 수연이나 수현이라는 이름을 가진 아이라면 모르긴 몰라도 한 반에 두셋 정도는 될 것이다. 우리 반에도 정서연, 김수현이 있고, 또 비슷한 이름을 찾자면 장소영도 있다. 키가 작고 빼빼 마른 아이도 얼마든지 떠올릴 수 있다. 하지만 이름도 모르는 아이를 찾는다는 게 가능하기는 할까?

내가 모르겠다고 하자 그 애는 무척 실망한 표정을 지었다. 특별할 것도 없는 인상착의만으로 사람을 찾겠다면서 뭘 기대한 거야. 나는 그 애가 참새처럼 조그맣고 어려 보이는 여자애한테 다가가는 걸 보고서야 교문 안으로 들어갔다.

그날도 검정 파카는 3교시 쉬는 시간까지 교문 앞을 서성이다가 자취를 감추었다.

종례 시간이 끝난 뒤 담임 선생님의 호출이 있었다. 담임은 내

의사는 묻지도 않고 조퇴증을 끊어 주며 나나한테 문병을 갔다 오라고 했다. 선생님이 가 봐야겠지만 보시다시피 특별반 수업에다 야자 감독에다 할 일이 많아서. 나는 얼결에 조퇴증을 받아 들고 교무실을 나섰다. 선생님 눈에도 나와 나나는 단짝처럼 보였던 모양이다. 학교 밖에서 따로 만난 적도 없고, 주말에 문자 한번 한 적 없었다고 하면 믿어 주기는 할까?

추운 날씨인데도 운동장에 나와 있는 아이들은 많았다. 박원이 농구 시합을 지켜보고 있다가 나한테 고개를 끄덕여 알은체를 해 주었다. 나는 잠깐 박원 옆에 서서 남자아이들이 농구하는 모습을 구경했다. 농구공이 골대를 통과할 때마다 박원은 그렇지, 좋아, 하고 외치며 박수를 쳤다. 어느 쪽 편을 들고 있는지는 알 수 없었다.

나는 어서 가야지, 하고 생각하면서도 그 자리에 계속 머물러 있었다. 나나한테 연락을 하고, 병원이든 어디든 학교 밖에서 따로 만난다는 생각을 하니 이상하게도 망설여졌다. 누군가에게 한 발 더 다가간다는 건 쉽지 않은 일이다. 나는 몇 번이나 휴대전화를 들여다보면서 마음을 정하지 못했다.

"너 오늘 야자 안 하나 보다?"

박원이 내 가방을 보고 물었다.

"응, 나나한테 가 보려고."

"아."

마침 시합이 끝나 이긴 쪽 아이들이 저희끼리 손바닥을 맞부딪치면서 즐거워했다. 박원도 그 속에 섞여 들어갔다. 나는 인사도 못 하고 터덜터덜 걸어 교문을 빠져나왔다. 계속 통화 버튼을 눌렀지만 나나하고는 연락이 닿지 않았다.

나는 세 번째 전화를 걸고 나서 문자를 남겼다.

—문병 가려고 야자 빼고 나왔어. 어느 병원이야?

잠깐 망설이다 한 문장 더 적어 넣었다.

—뭐 먹고 싶은 거 있니?

큰길 버스 정류장에서 답장을 기다릴 작정이었다. 답장을 받고 나면, 그다음에는 어느 쪽 방향으로든 버스를 탈 수 있겠지. 매일 아침 아무 힘 들이지 않고 만나던 나나가 이제는 아주 멀리, 손이 닿지 않는 곳에 있는 것 같았다.

큰길로 향하는 내리막길을 미처 다 내려오지도 못했는데 뒤에서 다다다, 발소리가 들렸다. 돌아보니 박원이었다.

"나도 같이 가자, 김나나 문병."

"나나 문병을 가겠다고?"

"그래! 같은 반 친구로서."

박원이 손에 든 조퇴증을 자랑스레 흔들었다. 나는 잠시 박원의 표정을 살핀 뒤 고개를 끄덕였다. 박원이라면 나나가 누구보다도 반가워할 것이다. 그리고 언제나 나나와 나 사이에는 박원이 있었으니까.

"박원, 그런데 문제가 있어."

"문제?"

"병원이 어딘지 모르고, 연락도 안 돼. 문자 보내 놓고 답장 기다리는 중이야."

"어제 연락 안 해 봤어? 너희 친구 맞냐?"

박원이 어이없다는 듯 웃었다. 나도 그냥 따라 웃었다.

"사실은 집이 어디인지도 몰라. ……나나가 집에서 뭘 하는지도 모르겠고."

"이야, 완전 쿨한데."

"언니가 있는 건 알지만 동생이 있는 것 같기도 하고…… 어느 중학교 나왔는지도 모르겠어."

말하다 보니 잘못을 고백하는 것처럼 조금 주눅이 들었다.

"정이정, 나는 외동에다 녹담중학교 나왔어. 삼-천리 뻗어 나가, 녹-담중학교! 잘 기억해 둬."

박원이 갑자기 교가를 부르는 바람에 나는 웃음을 터뜨렸다.

"음…… 나나가 아침마다 두유를 하나씩 먹는 건 알아. 삼각커피우유를 좋아하는 것도 알고."

"그럼 됐지 뭐."

그러고 나서 우리는 나란히 버스 정류장 벤치에 앉아 나나의 메시지를 기다렸다. 정류장에 있던 사람들은 하나둘 버스에 올라타고 떠나갔다. 버스에서 내린 사람들도 금세 어딘가를 향해서 사라졌다. 하지만 십 분이 지나도, 이십 분이 지나도 나나에게서는 답이 없었다.

점점 초조해지려는데 박원이 발을 쭉 뻗으며 기지개를 켰다.

"뭐, 이것도 나쁘지 않네. 합법적으로 야자도 빼먹고. 그러니까 폰 좀 그만 들여다봐라."

"추워서 그래."

해는 이미 저물어 가는 중이었다. 신호에 걸린 자동차들이 빨갛게 미등을 켜고 멈춰 서 있었다.

"진작 말하지. 그러고 보니 배도 고프잖아!"

박원이 자리에서 벌떡 일어나 앞장을 섰다.

우리는 버거킹에서 햄버거를 먹고, 띄엄띄엄 대화를 이어 갔다. 담임이나 같은 반 아이들에 대한 이러저러한 이야기들. 박원의 이야기 속에서 학교는 꽤나 즐거운 곳이었다. 박원은 휴대전화에 저장되어 있는 수련회 때 사진을 보여 주었다. 사진 속에서 나는 아주 평범하게 아이들 사이에 섞여 웃고 있었다. 엄마한테 보여 주면 정말 좋아할 것 같은 얼굴이었다. 나는 그 사진을 한참 동안 들여다보았다.

"마음에 들면 네 폰으로 보내 줄까?"

"그래."

"오케이."

박원이 시원스럽게 대답했다.

저녁을 다 먹도록 나나는 감감무소식이었다. 결국 우리는 9시가 다 되어서야 자리에서 일어났다. 이미 문병 가기에는 너무 늦었고 야자도 끝마칠 시간이었다.

박원은 전철역 개표구까지 나를 바래다주었다. 계단을 내려가기 전 뒤돌아봤더니 박원이 기다렸다는 듯 손을 흔들어 주었다.

셋째 날 아침에도 역시 검정 파카가 오들오들 떨면서 교문 앞에 서 있었다.

이번에는 검은색 아이라인을 두껍게 칠하고 노랗게 탈색한 머리카락을 내놓고 있어 대번에 눈에 띄었다. 싸구려 어그 부츠에 발목만 감싸인 맨다리는 빨갛게 얼어 있었다. 그 애는 날이 갈수록 점점 자신의 존재를 드러내 보이는 것 같았다. 나는 멈칫 걸음을 멈추었다.

"저기, 친구를 찾고 있는데……."

그 애가 전날과 똑같은 말투와 표정으로 말을 걸어왔다. 스물네 시간 전에 나한테 똑같은 질문을 했다는 사실을 전혀 기억하지 못하는 것 같았다.

"안에 들어가 보세요."

"어?"

그 애의 눈이 커다래졌다. 두꺼운 아이라인 사이로 겨우 흰자위가 드러나 보였다.

학생을 찾는다면 교무실이나 행정실에 가 볼 일이다. 그게 가장 쉽고 간단한 방법일 것이다. 물론 이름도 모르고 인상착의도 막연하다는 게 문제였지만.

“학교 안에 들어가서 물어보면 될 텐데.”

“에이, 어떻게 그래……. 아니 뭐, 그렇게까지 찾을 건 없고.”

그 애는 손사래까지 치며 펄쩍 뛰더니 금세 풀이 죽었다.

“그냥 서연이나 서현이 뭐, 그런 이름을 가진 애들을 몇 명 알면 가르쳐 줘. 아주 작고 빼빼 마른 애거든. 작고 빼빼 마른 서연이가 그렇게 많나?”

“다른 반 애들은 잘 몰라서.”

나는 손에 든 휴대전화로 시간을 확인했다. 아직 등교 시간은 넉넉했다. 지나가던 아이들이 우리를 흘끔거렸다.

“그럼 너희 반만이라도. ……어떻게 안 될까?”

그 애가 예의 그 미안한 웃음을 지었다. 잘못한 일이 무척 많은 사람의 표정이었다.

“우리 반은 아니에요. 그런 애 없어요.”

“아, 꼭 찾아야 되는데……. 금방 만날 줄 알았거든. 여기 서 있으면 걔가 먼저 알아볼 거라고 생각했는데…… 이상하네. 저기…… 다른 반도 한번 찾아봐 주면 안 될까?”

그 애가 내 앞을 막아선 채로 머뭇거리며, 그러면서도 주절주절 말을 늘어놓았다. 나는 고개를 저었다.

"부탁할 사람이 없어서 그래."

그 애가 나를 뒤쫓아 따라오며 몇 번이나 졸라 댔다. 나는 황망해서 걸음을 빨리했다.

"좀 도와줘. 진짜 중요한 일이라 그래."

그 애는 교문 안쪽까지도 따라올 기세였다. 가슴에 뭔가 얹힌 듯 답답해졌다.

바로 그때, 오른편에서 박원이 나타났다. 나는 박원에게 달려들듯 다가갔다.

박원이 잠깐 의아한 표정을 짓더니 흘깃 검정 파카 쪽을 돌아봤다. 그제야 검정 파카는 나를 따라오는 것을 포기하고 멈춰 섰다.

우리는 그 애를 남겨 두고 교문 안으로 발걸음을 옮겼다. 나는 박원에게 바짝 붙어 걸었다. 그 애는 교복을 입은 아이들 속에서 샛노란 머리를 한 채 멀거니 이쪽을 바라보고 서 있었다.

"우리 학교에 다니는 애를 찾아왔다는데 그게 누구인지 모르겠대."

"누군지 모르는 애를 찾는다고?"

박원이 황당한 표정을 지었다.

"응. 서연인지 수연인지 하는 애를 찾는다는데 이름도 정확히 모르고, 그냥 작고 빼빼한 애래."

"작고 빼빼 마른…… 이름도 모르는 여자애라."

박원은 콧잔등을 긁으며 중얼거렸다.

"나나한테서는 연락 왔어?"

"아니."

"너희도 참."

박원이 씩 웃었다. 나는 얼른 고개를 돌렸다. 마주 보이는 본관 뒤로 아침 해가 솟아오르고 있었다.

매일 아침 교문 앞에 나타나는 이상한 여자애에 대한 이야기가 퍼지기 시작한 것은 그날부터였다. 그 일이 아니라도 아이들에게는 무엇이든 딴생각을 할 수 있는 구실이 절실했다. 기말고사가 코앞으로 다가온 것이다. 필통을 떨어뜨렸다거나 책상을 밀쳤다는 이유로 예민하게 구는 아이들도 있었고, 쉬는 시간이건 점심시간이건 자리에 꼬박 앉아 책을 들여다보는 아이들은 셀 수도 없었다. 1학년 마지막 시험이니 정신을 똑바로 차리라는 주문도, 매 수업 시간마다 듣고 있었다. 이럴 때 가십거리란 언제나 환영인 법.

사실은 그 아이가 임신을 해서 전 남자친구를 찾으러 왔다거나 자기를 퇴학시킨 교사에게 복수를 하러 왔다거나 하는 자극적인 소문이 한차례 지나가자, 그 아이가 찾는다는 여학생의 정체에 대한 궁금증에 불이 붙었다. 1학년 여학생 중에서 작고 마른 아이들은 모두 용의 선상에 올랐고, 그 아이들은 하나같이 고개를 저었다. 몇몇 아이들은 기분 나빠하며 화를 내기도 했다. 검정 파카의 단정치 못한 입성을 보면, 어쨌든 얽혀서 좋을 게 없었다.

그다음 날 아침부터 검정 파카는 우리 학교에서 유명 인사가 되었다. 우리 학교 학생들은 새삼스럽게 교문 앞에 서 있는 그 아이를 눈여겨보기 시작했다. 아예 대놓고 손가락질을 하며 수군거리는 아이들도 있었다. 분명 그 애도 알았을 것이다. 그래서 그렇게 불안한 표정으로 안절부절못하고 있다가 교문이 닫히기도 전에 금세 가 버렸을 것이다. 나는 교문 건너편 편의점에서 두유를 마시며 그 애가 돌아서서 터덜터덜 돌아가는 모습을 지켜보았다.

나나에게서는 계속 연락이 없었다. 전화기를 들여다볼 수도 없을 만큼 많이 아픈 건지, 다른 큰일이 있는 건 아닌지 궁금했지만 알 도리가 없었다. 담임 선생님도 꽤 걱정이 되는 눈치였다. 어머님께서 연락을 주신다고 해서 기다리는데 전화가 없네. 나는 몇 번이나 대답 없는 문자를 보내 놓고 기다리고, 기다리고, 또 기다렸다. 그러다 보면 어쩐지 벌을 받는 기분이 들기도 했다.

나나가 없는 동안, 박원하고 자꾸 부딪힐 일이 생기는 것도 조금씩 껄끄러워졌다. 점심시간이나 쉬는 시간에 우리가 몇 마디 나눌 때마다 주위 아이들이 보여 주는 보통 이상의 관심도 불편했다. 단순하고 홀가분하고, 딴생각이 나지 않던 예전 생활로 돌아가고 싶었다. 무엇보다도 나나가 보고 싶었다.

점심시간에 몇몇 여자애들이 내 자리로 왔다.

"이정아, 나나 이름 개명했다는 거 사실이야?"

"뭐? 정말?"

내가 놀라기도 전에 아무것도 모른 채 옆에 있던 다른 아이가 먼저 놀랐다.

"원래 다른 이름이었다던데…… 너 몰라?"

아이들의 눈빛이 호기심으로 반짝거렸다. 빼빼 마른 서연이를 찾다찾다 못 찾은 아이들이 며칠째 학교에 나오지 않는 나나에게로 관심을 돌린 모양이었다. 자리에 없는 아이란 언제나 타깃이 되기 쉽다. 대신 변명해 줄 친구가 없다면 더더욱.

"아니, 그런 말 못 들었는데."

"너한테도 말 안 했어?"

"몰라."

내가 시큰둥하자 아이들은 저희끼리 몇 마디 주고받다가 슬그머니 가 버렸다.

"그거 진짜야?"

"얼핏 들은 것 같아서."

"김나나, 좀 놀던 애였나?"

"우와, 그럼 신분 세탁인 거야?"

아이들의 호들갑이 멀어져 갔다. 나는 가만히 앉아 주먹만 꼭 쥐었다.

다음 날은 금요일이었다. 나나는 닷새째 결석 중이었고 여전히 연락이 닿지 않았다. 검정 파카는 잠깐 나타났다가 전날보다 더 열광적인 아이들의 반응을 보고는 곧장 자리를 떴다. 그 애가 가는 방향으로 얼마간 뒤를 쫓는 남자아이들도 있었다. 어이, 그냥 가는 거야? 어디 가, 서연이 만나야지! 이제 그 애가 또 나타날지는 알 수 없는 일이었다.

그날도 편의점에서 두유를 마시고 교문을 들어서는데 놀랍게도 교문 안쪽 화단에 박원이 앉아 있었다. 내가 걸음을 멈추자 박원이 구부정하게 몸을 일으켰다. 우리는 잠깐 아무 말도 없이 서로를 마주 보기만 했다.

한참을 말없이 걷던 박원이 말을 꺼낸 것은 운동장을 반쯤 가로질렀을 때였다.

"중학교 때 우리 학교에 어떤 애가 있었는데 말이지……."

나는 한 발짝 뒤처져 걷고 있다가 박원 옆으로 조금 다가갔다.

"일진이랍시고 애들 괴롭히고 다니는 애들 있잖아? 걔가 그런 애였어. 거의 막가파라서 아무나 닥치는 대로 때리고 욕하고 돈 뺏고……. 보통은 애들도 적당히 넘어가 주지. 그런 애들이야 어디에나 있으니까. 근데 걔는 정도가 너무 심했단 말이야."

나는 가만히 박원 옆에서 보조를 맞춰 걸으며 귀를 기울였다.

"결국 엄청난 사고를 일으켜서 학교가 발칵 뒤집혔어. 신문에도 났을걸. 반마다 개별 면담이 시작되고 학교 앞에는 기자들이 찾아오고……. 뭐, 결론이야 뻔해. 그 자식은 퇴학을 당했고 소년원에 갔다던가. 그런데 문제는…….”

“……문제는?”

“졸업식 즈음이었는데 그 자식이 학교 앞에 나타나기 시작한 거야. 모두들 겁에 질렸어. 왜 안 그랬겠어? 그 자식 완전 악마였는데. 다들 아예 패닉 상태였지. 처음엔 엄마들이 애들을 데리러 교문 앞까지 나오기 시작했고, 그다음에는 선생님들이 교문 밖까지 나와서 지키고 있었어. 나중에는 경찰차가 교문 앞에 서 있을 정도였으니까 말 다했지. 그런데 조금 있으니까 이상한 소문이 퍼졌어.”

지나가던 남자애가 박원한테 말을 걸어서 이야기가 잠깐 끊어졌다. 박원은 그 남자애를 보내고 다시 고개를 돌렸다.

“무슨 소문이었는지 알아?”

“뭔데?”

나는 왠지 조마조마한 마음이 되어 물었다.

“그 자식이 보복을 하러 온 게 아니라 용서를 빌러 왔다는 거야.”

“용서?”

“그래. 자기 잘못을 용서해 달라고, 자기가 때리고 못살게 굴었던 애들을 만나러 왔다는 거야. 자, 이제 난 착한 아이야, 하고.”

“정말?”

내 물음에 박원은 고개를 갸우뚱하면서 허공을 올려다봤다. 그렇게 한참 무언가를 생각하는 듯하더니 내 눈을 깊숙이 들여다봤다. 나는 가슴이 뛰기 시작했다.

"정말이었을까?"

"나야 모르지."

나는 한 걸음 뒤로 물러서며 대답했다. 박원이 빙긋 미소를 지었다.

박원은 아마 한 번도 누군가에게 괴롭힘은커녕 미움도 받아 보지 않았을 것이다. 아이들로 가득한 교실에서 그림자처럼 가만히 앉아 있다가 나조차도 내가 유령이 아닐까 의심하는 일 같은 건 한 번도 경험해 보지 못했을 것이다.

나는 이상하게도 마음이 아파져서 얼른 그 자리를 떠나고 싶었다. 하지만 돌아서는 대신 박원에게 물었다.

"그럼, 검정 파카가 용서를 빌러 왔다는 거야? 키 작고 빼빼 마른 서연인가 하는 애를 괴롭혀서?"

"글쎄. 어쩌면 그런 애들 사이에서 용서를 비는 게 유행인지도 모르지. 그런데……."

"그런데……?"

"용서를 빌러 왔다고 해도 무섭긴 마찬가지 아닌가? 그럴 땐 안 보는 게 제일인 거야. 한쪽이 만나고 싶다고 다 만날 수 있는 건 아니란 거지. 그냥, 내 생각이 그래."

나는 고개를 끄덕였다. 충분히 상상할 수 있는 일이었다. 그리고 생각했다. 어쩌면 박원이 내가 생각하는 것만큼 늘 유쾌한 건 아닐지도 몰라.

나는 하루 종일 박원이 해 준 이야기와 검정 파카에 대해 생각했다. 검정 파카는 왜 작고 빼빼 마른 서연이를 찾는 것일까? 이름도 제대로 모르는 그 서연이하고는 어떤 사이였을까? 그 애는 분명히 친구를 찾고 있다고 했다. 저기, 친구를 찾고 있는데. 하지만 과연 친구이긴 했을까? 그리고 그런 생각 끝에는 늘 기다렸다는 듯이 나나가 떠올랐다. 나나는 어둡고 막다른 길에서 이쪽을 보고 가만히 서 있는 것 같았다.

다음 주부터 기말고사가 예정되어 있어서 금요일 야자는 없었다. 우리는 모두 시험을 앞둔 무거운 심정으로, 그러나 야자가 없어서 어딘가 조금 홀가분한 마음으로 교실을 나섰다. 박원이 나한테로 다가오자 주위에 있던 남자애들이 오오, 하고 의미가 분명한 감탄사를 연발했다. 모르는 사이에 박원과 나는 우리 반에서 화제의 중심에 놓여 있었다.

"신경 쓰지 마."

박원이 조금 머쓱한 표정을 지으며 말했다.

"신경 안 써."

나는 서둘러 계단을 내려와 신발을 갈아 신고 교문을 향해 걸었다. 그러는 동안 내내 박원은 내 옆에 있었다. 가슴속 어딘가가

쨍해질 때마다 나는 휴대전화를 들어 화면을 들여다보았다. 나나에게서는 언제쯤 연락이 올까.

"김나나한테는 아직도 연락 없어?"

박원이 조심스럽게 물었다.

"응. 뭔가 좀 잘못된 게 아닌가 싶어."

"뭐가?"

"뭔지는 모르겠지만."

나는 고등학교에 입학하면서 친구 같은 건 만들지 않기로 했다. 다른 데 신경 쓰지 말고 공부나 열심히 해야지. 끝이 나쁘면 모든 게 나쁘다. 곁에 있는 친구들을 한꺼번에 잃는 일 같은 건 다시 경험하고 싶지 않았다. 그리고 그건 그렇게 어려운 일도 아니었다. 아주 먼 동네에서 전철을 타고 오는 데다 같은 중학교 나온 애도 하나 없었으니까. 별로 아쉽지도 않았고, 나는 아주 잘 지냈다. 아주 잘 지냈다고 생각한다. 그런데…….

"나나가 없을 때 어떻게 지냈는지 잘 기억이 나질 않아."

나는 박원에게, 그리고 나 자신에게 그렇게 말했다.

나나가 없을 때 나는 누구하고 점심을 먹었을까, 쉬는 시간에는 멍청하게 자리를 지키고 앉아 있거나 문제집만 골똘히 들여다보고 있었던 걸까, 음악실이나 체육관으로 이동할 때 나는 혼자였을까, 나나 없이 학교로 가는 언덕길은 텅 비어 있었나. 눈앞에 아이들 없이 햇살만 가득한 교실이 보이는 것 같았다. 거기에는 나도 없었다.

"그리 먼 옛날은 아니지 않냐."

박원이 웃었다. 나는 문득 정신을 차리고 박원을 올려다봤다.

박원은 한참 말을 고르다가 입을 열었다.

"우리 아빠 말이, 인생에 유턴은 없대. 뭐, 공부 열심히 하라는 시시한 얘기였지만. 그런데 정말 그런 게 있지. 한번 시작되면 절대로 되돌릴 수 없는 일들……. 다시 만나고 싶지 않은 악마 같은 일진이라거나."

"……꽁꽁 숨어 버린 친구라거나."

"새로 생긴 친구라거나."

그렇게 말하고 박원은 다시 빙긋 웃었다. 따라 웃고 싶었지만 잘 되지 않았다.

"나나가 돌아오지 않으면 어쩌지?"

"그럴 리가."

"……나나가 너 되게 많이 좋아해."

그래도 되나 생각해 보기도 전에 나는 그렇게 말해 버렸다. 박원에 대해 이야기할 때마다 반짝이던 나나의 두 눈.

"아, 그래?"

박원은 아무렇지도 않게 선선히 대답했다. 어쩌면 오래전부터 알고 있었던 것처럼. 나는 그제야 마음이 놓였다.

우리는 전철역까지 느릿느릿 걸어갔다. 주위를 걷고 있는 아이들은 저마다 둘씩, 셋씩 무리를 지어 떠들면서 우리 옆을 스쳐 지나갔다. 큰길로 향하는 내리막길은 교복 입은 아이들로 가득했다. 텅 빈 거리 같은 건 상상도 되지 않았다.

전철역이 가까워지자 박원이 걸음을 멈췄다.

"주말에 나나하고 연락되면 나한테도 알려 줄래?"

"그래."

"꼭이다."

"전화할게."

"좋아. 시험공부 열심히 해. 딴생각 말고."

박원은 손을 흔들고 어깨에 멘 검정 백팩을 한번 추스르고는 뒤돌아서서 다시 언덕길을 올라갔다. 성큼성큼, 시원한 걸음걸이. 나는 한참 동안 박원의 뒷모습을 바라보았다.

월요일에는 기말고사가 시작된다. 수학 성적을 올려야 한다고 내내 안달복달하던 나나였으니까 시험을 놓칠 리는 없었다.

문득 입술을 오므리고 이맛살을 찌푸린 채 잔뜩 집중해서 수학 문제를 풀던 나나의 모습이 떠올랐다. 의외로 나는 나나에 대해 아는 게 많은 모양이다.

다시 한번 메시지를 보내려고 휴대전화를 들여다보는 순간, 벨소리가 울렸다.

나나였다.

은 이 정 … 철용

철용은 말이 없는 아이이다. 조용히 앉아서 수업을 듣고, 쉬는 시간에는 또 조용히 앉아서 두툼한 손으로 턱을 괴고 창밖을 내다보거나 필통을 정리하거나 낙서를 한다. 의자와 책상이 작아 보일 정도로 덩치가 큰 철용을 아이들은 놀이 속에 끼워 넣지도 그렇다고 괴롭히지도 않는다. 철용은 그저 조용한 철용일 뿐이다. 그렇게 봄을 보냈고 여름을 보냈고 가을을 보내고 있었다.

그런데 어느 날부터인가 철용이 달라져 있었다. 창가 자기 자리에 조용히 앉아 뜨개질을 했다. 넓적한 무릎 위에 귀엽고 깜찍한 노란색 종이 필통을 올려놓고 왼손 검지에 레이스 실을 감고 오른손 엄지, 검지, 중지 세 손가락으로 가는 코바늘을 뉘어 쥐고 무언가를 떴다. 필통 속에는 밤톨만 한 빨주노초파남보 무지개 색 실몽당이가 들어 있었다. 철용은 점심을 먹고 이를 닦은 뒤 채 삼십 분이 안 되는 짧은 시간 동안 뜨개질을 했다. 여전히 조용해서일까, 아이들은 철용 주변을 지나다니면서 이상하다는 듯 힐끔거리기만 할 뿐 별다른 관심을 보이지 않았다.

일주일 정도 지났을 때, 철용 손에는 작은 휴대전화 고리가 들려 있었다. 한가운데에 빨간 동그라미가 들어간 무지개 색 하트

모양이었다. 철용은 휴대전화 고리를 손바닥에 얹어 옆에 앉은 짝꿍에게 내밀며 작게 말했다.

"가져."

철용은 빙그레 웃고 있었다. 처음 보는 웃음에 짝꿍은 당황한 듯 허둥댔다.

"뭐, 뭐야?"

"휴대전화 고리, 내가 떴어."

"고, 고마워."

반에서 유일하게 휴대전화가 없던 철용의 짝꿍은 휴대전화 고리를 우두커니 내려다보다 교복 재킷 주머니에 넣었다. 아마 휴대전화 고리는 가방 주머니로 옮겨지거나, 짝꿍 엄마 휴대전화에 달리거나 아니면 책상 서랍 속에서 뒹굴게 될 거다. 어쩌면 쓰레기통으로 들어갈지도 모르겠다. 사실 짝꿍은 쉼 없이 공부하는, 시간 낭비하는 걸 싫어하는 아이여서 하는 일 없이 조용하기만 한 철용을 은근히 못마땅해하고 있었기 때문이다.

철용은 계속해서 뜨개질을 했다. 사오 일이 지날 때마다 철용은 반 아이들 중 누군가에게 걸어가 무지개 하트 휴대전화 고리를 내밀었다. 짝꿍 다음은 2학기 반장이었다. 반장은 쾌활하고 명랑해서 사교성이 높은 여자아이인데 선물을 받고는 무척 고마워했다.

"야! 끝내준다! 너무 예뻐! 정말 나 주는 거야?"

철용은 고개를 끄떡였다.

"너 정말 솜씨 짱이다! 어떻게 이런 걸 뜰 생각을 다 하니?"

철용은 어색하게 웃으며 뒤돌아섰다.

"고마워! 절대 버리지 않고 평생 쓸게!"

반장이 철용 등 뒤에 대고 소리쳤다. 그리고 곧장 큼지막한 최신형 휴대전화를 꺼내 무지개 하트를 매달았다.

"이것 좀 봐. 예쁘지? 황철용이 나한테 선물한 거야."

반장은 쉬는 시간 내내 주변 아이들에게 무지개 하트를 보여 주며 너스레를 떨었다.

그다음은 부반장, 그다음은 앞자리에 앉은 아이, 그다음은 앞의 옆자리에 앉은 아이, 그다음은 영어 시간에 회화 상대가 된 아이. 아이들은 철용이 선물하는 휴대전화 고리를 의례적인 인사말과 함께 당연하게 받아 쥐었다. 이렇게 한 달이 지나자 휴대전화를 사용하는 반 아이들 대부분이 무지개 하트를 휴대전화 고리로 매달고 다니게 되었다. 반장에다 아이들과 두루두루 친한 부반장 남자애까지 매달고 다녀서일까, 전화 기종이 스마트폰으로 바뀌면서 고리를 달고 다니는 일이 한물간 유행이 되었지만 누구도 그 사실을 말하지 않았다.

하루 종일 창문을 닫고 지내기 시작할 즈음, 철용은 무지개 하트가 휴대전화 고리로 사용하기에는 너무 커졌는데도 마무리를 짓지 않았다. 아이들은 새롭게 뜨기 시작한 것이 무얼까 궁금해

철용 주변을 어슬렁거리기 시작했다. 점심시간이면 철용은 반짝거리는 보라색 선물 상자를 무릎 위에 올려놓고 커다란 무지개 하트를 꺼내 들었다. 밖으로 넘치는 엉덩이를 작은 의자에 얹고, 뭉툭하고 굵은 손가락으로 가느다란 코바늘을 쥐고, 갈색 뿔테 안경이 달랑거린다 싶도록 고개를 수그린 채 철용은 일정한 속도로 실을 엮어 나갔다. 얼핏 보면 철용은 돌연변이 거미 같았다. 검고 동그란 거대 거미.

"내 엠피 들으면서 할래?"

착한 정희가 휴대전화 고리에 대한 보답을 해야겠다고 마음먹었는지 철용에게 물었다.

"괜찮아."

고개를 들어 정희를 올려다본 철용은 넓적한 얼굴에 해바라기 같은 웃음을 지으며 짧게 대답했다.

"심심하잖아. 빌려 줄게! 나는 휴대전화로 들으니까 이건 너 들어."

정희는 허튼소리가 아니라는 듯 한껏 힘을 주어 말했다. 엠피스리 없은 손을 철용 앞에 두어 번 흔들며 턱짓까지 했다.

철용은 잔뜩 부풀어 오른 곱슬머리 때문에 두 배는 더 커 보이는 머리를 천천히 흔들었다.

"싫으면 어쩔 수 없고."

정희는 어깨를 으쓱하고 자기 자리로 돌아가 이어폰을 귀에 꽂았다. 그 뒤로 뜨개질하는 철용에게 말을 거는 아이는 없었다.

찬 바람이 불기 시작해서 목까지 옷을 여미고 등교를 해야 했던 날이었다. 철용은 여느 때와 마찬가지로 아침 자습 시간 종 치기 오 분 전에 교실에 들어왔다. 한 손에는 작고 예쁜 분홍색 종이 가방이 들려 있었다.

1교시를 마치고 쉬는 시간이 되자 철용은 책상에 걸어 둔 종이 가방을 손에 들고 앞쪽으로 걸어 나갔다. 그러고는 제일 앞줄에 앉은 선영 앞에 섰다.

"이거 받아."

철용이 종이 가방을 책상 위에 사뿐히 내려놓았다.

"뭔데?"

선영이 눈을 크게 뜨고 물었다.

"선물."

철용이 설핏 웃으며 짧게 대답했다. 선영이 종이 가방 안에서 선물 상자를 꺼내 들자 철용은 뒤돌아 자기 자리로 걸어갔다. 주위에 있던 여자아이들 서넛은 선영 곁으로 우르르 몰려들었다.

"뭐야? 열어 봐."

상자에 둘린 짙은 보라색 리본을 풀고 뚜껑을 연 선영이 당황한 얼굴로 안에 든 물건을 꺼냈다. 무지개 모자였다.

"모자잖아!"

"요즘에 뜨던 게 이 모자야. 뜰 때는 몰랐는데 완성해 놓으니까 엄청 예쁘다."

"여러 색이 들어가니까 나름 특이하지 않니? 이걸 쓰면 어디서든 눈에 확 들어오겠어. 한번 써 봐."

"……."

선영은 입을 꾹 다물고 모자만 내려다보았다. 두 눈에 잔뜩 힘을 주고 심각한 표정으로 숨만 들이쉬고 있었다.

"왜 그래?"

"아냐."

선영은 상자에 모자와 리본 끈을 되는대로 쑤셔 담고 내처 종이 가방에 밀어 넣었다.

"안 써 볼 거야?"

"생각 좀 해 보고."

선영은 가방을 의자 옆에 내려놓고 벌떡 일어나 교실 밖으로 나갔다. 아이들은 이해할 수 없다는 눈길로 선영을 좇다 철용을 향해 고개를 돌렸다. 철용은 편안한 얼굴로 다음 시간 수업 준비를 하고 있었다. 반에서 가장 어른스러워 맏언니 같은 선영은 오전 내내 단 한 차례도 웃지 않았다. 그러다 점심시간이 끝날 무렵 교실에 여자아이들 몇만 남았을 때 철용에게 걸어갔다. 손에는 분홍색 종이 가방이 들려 있었다. 철용은 뜨개질을 하지 않고 책상 위에 턱을 괸 채 아련한 눈길로 창밖 가문비나무만 바라보고 있었다.

"못 받겠어."

말을 마친 선영이 종이 가방을 책상 위에 툭 내려놓았다. 철용은 고개를 돌려 선영의 얼굴을 올려다보았다.

"내가 받을 게 아닌 것 같아. 다른 사람 줘."

선영이 차갑게 말했다.

"왜?"

철용이 낮은 목소리로 천천히 물었다.

"예쁜 모자야. 고마워. 하지만…… 아무튼 난 아니야."

선영이 급하게 되돌아가 자리에 앉았다. 철용은 굳은 얼굴로 선영의 뒷모습만 한참 바라보다 종이 가방을 책상 옆 동그란 고리에 걸었다. 그리고 다시 창밖을 바라보았다.

여자아이들은 선영의 행동에 대해서 많은 말들을 했다. 휴대전화 고리는 작으니까 괜찮지만 모자는 좀 받기 부담스러운 선물이었다는 이야기가 있었고 철용이 힘들여 뜬 모자인데 그리 쉽게 되돌려주면 안 된다는 이야기 또한 있었다. 같은 여자로서 선영의 행동을 이해한다는 아이와 아무리 그래도 한반 친구인데 철용에게 상처를 주었다는 아이가 있었다. 남자친구로서 철용이 마음에 없으면 처음부터 매몰차게 거절해야 한다는 아이와 성의를 인정해 주는 말로 마음을 상하지 않게 할 수 있었다는 아이가 있었다. 다른 뜻 없이 준 건데 괜한 오해로 선물한 사람을 무안하게 했다는 의견까지 등장했다. 그런데 왜 하필 내가 아니라 그다지 예쁘지 않은 선영이었을까 하는 의문은 아무도 입 밖으로 내놓지 않았다.

무언가 미련이 남은 여자아이들은 다음 날까지 선물 이야기를 이어 갔다. 하지만 철용은 아랑곳 않고 뜨개질을 다시 시작했다. 하루가 다르게 커지는 무지개 동그라미를 보며 아이들은 철용이 두 번째 모자를 뜨고 있다는 사실을 알아차렸다. 아이들 짐작대로 커다란 무지개는 모자가 되었다. 모자를 완성한 다음 날 철용은 깨끗한 새 종이 가방을 들고 학교에 왔다. 수업이 끝났는데도 선생님과 노닥거리다 음악실에서 뛰어오는 나리에게 철용은 종이 가방을 건넸다.

"뭐, 뭐야?"

나리는 가방을 받아 들면서 주위를 휘둘러보았다.

"선물."

"나한테 주는 거야?"

철용은 가만히 나리 얼굴을 바라보며 작은 눈을 더욱 작게 오므려 눈웃음을 지었다.

"고마워."

나리는 입꼬리를 올려 살짝 웃었다.

철용은 그날 뜨개질을 하지 않았다. 점심시간 내내 창밖 가문비나무가 바람에 흔들리는 모습만 지켜보았다.

"야! 황철용!"

종례를 마치고 담임이 교실을 나가자 경준이 철용 책상 옆에 떡 버티고 서서 껄렁껄렁 시비를 걸었다. 가방을 챙기던 철용은 손을 멈추고 경준을 올려다보았다.

"이거, 네가 나리 줬냐?"

경준은 철용이 아침에 들고 온 종이 가방을 책상 위에 내던졌다. 가방 안에 든 모자가 밖으로 반쯤 삐져나왔다.

"응."

철용이 차분하게 고개를 끄덕였다.

"네가 뭔데 나리한테 이딴 걸 주는데? 너 혹시 나리 좋아하냐?"

철용은 어렴풋하게 웃음을 지어 보였다.

"이 새끼 봐라, 워낙 같잖아서 봐줬더니. 겁대가리 없이 웃어. 주먹 한 방이면 네 발 쫙 뻗을 새끼가!"

얼굴을 험악하게 구긴 경준이 손바닥으로 책상을 내리쳤다.

"깨지고 나서 후회하지 말고 행동 조심해라. 좋게 말할 때 나리한테 알짱대지 마. 에이 그냥! 머저리 같은 새끼!"

경준이 주먹을 들어 한 대 치는 시늉을 했는데 철용은 움찔 놀라기는커녕 느리터분하게 고개를 흔들었다.

"허! 이것 봐라. 너 나 따라와."

경준이 철용의 멱살을 쥐고 교실 구석으로 걸어갔다. 멀찌감치 서서 이 모습을 지켜보던 나리는 안절부절 동동거렸고 여자아이들은 반장을 찾았다.

"반장, 네가 좀 말려 봐!"

반장은 경준 가까이 다가가 모깃소리만 하게 말했다.

"그만해. 교실에서 무, 무슨 짓이야."

경준은 여전히 철용 멱살을 쥔 채 반장에게 눈을 부라려 보였다. 반장은 슬금슬금 뒷걸음질을 쳤다. 철용은 삐딱해진 안경을 바르게 고쳐 쓴 다음 경준을 뚫어지게 바라보았다.

"이 계집애 같은 새끼!"

경준은 철용을 벽 쪽으로 밀어붙이고 철용 배를 향해 주먹을 날렸다. 초조하게 상황을 지켜보던 선영이 교실 밖으로 뛰어나갔다.

주먹다짐에다 발길질까지 이어진 다음에야 담임이 선영과 함께 달려왔다. 철용은 당할 만큼 당한 뒤였다. 안경은 바닥에 나뒹굴고 코에서는 피가 흐르고 터진 입술 끝은 벌겋게 부어오르고 있었다.

"그만두지 못해!"

담임이 고함을 질렀다. 그제야 경준은 옴짝 못하게 몰아 놓은 철용을 풀어 주었다.

"너희 둘 이리 와!"

담임이 집게손가락 끝으로 자기 앞을 가리켰다. 경준은 잔뜩 인상을 쓴 채 쭈뼛쭈뼛 걸음을 내딛었다. 철용은 구겨진 옷을 매

만지고 바닥에 떨어진 안경을 집어 들어 이리저리 살폈다. 금이 간 안경을 주머니에 밀어 넣고 느릿느릿 무겁게 담임을 향해 걸어갔다.

"어떻게 된 거야?"

담임이 무섭게 노려보며 다그쳤다. 경준과 철용은 바닥만 내려다보았다. 묵묵부답으로 버티고 있는 둘을 대신해 반장이 상황을 설명했다.

그때까지의 이야기를 모두 들은 담임이 결론을 내렸다.

"강경준, 너는 일주일 동안 하루에 한 장씩 반성문 써 와라. 주먹 휘두르는 거 좋아하다 네 주먹에 네 인생 작살난다. 집에 전화하겠다. 박나리, 진지하게 생각 잘 해라. 큰소리치고 주먹 센 거 자랑하는 놈들이 지금은 멋있어 보일지 모르지만 나중에 골치 아프게 될 가능성이 꽤 크다. 황철용, 선물은 주는 사람 마음도 중요하지만 받는 사람 입장까지 생각해야 한다. 네가 워낙 주기를 좋아해서 이런 불상사가 생겼는데, 나는 어떠냐? 나한테 모자 선물하면 고맙게 받아서 유용하게 쓸 수 있는데. 선생님 작은 딸이 예쁜 거라면 자다가 벌떡 일어난다. 선생님이 나리 대신 받으면 안 되겠냐? 나도 선물 좀 해 보게."

철용이 한 차례 머리를 저었다.

"치사하기는! 관둬라, 인마. 그나저나 얼굴이 깨져서 어떻게 하냐. 일단 양호실에 가서 치료 좀 하자. 선생님이 엄마한테 전화해서 잘 말해 줄 테니까 너무 걱정하지 말고."

"제가 알아서 할게요."

철용이 고개를 들어 담임과 마주 보며 말했다.

"네 얼굴 보면 엄마가 많이 걱정하실 텐데."

"신경 안 쓰셔도 돼요."

이렇게 사건은 마무리되었다.

철용은 되돌아온 선물을 가방에 챙겨 넣은 뒤 깨지고 부르튼 얼굴을 꼿꼿이 쳐든 채 집에 갔다. 여자아이들은 짝을 지어 몰려가면서 철용에 대하여 가지가지 이야기꽃을 피웠다.

철용이 진짜 나리를 좋아해서 선물을 준 것일까? 그렇다면 선영은? 아니면 그냥 딴 생각 없이 그때그때 마음 가는 대로 주는 걸까? 혹시 특별한 다른 이유가 있는 걸까? 다음에는 누구에게 선물을 할까? 되돌려받은 무지개 모자 두 개는 어떻게 되었을까? 전에는 몰랐는데 오늘 보니 멋있는 구석이 있더라. 경준이가 사납게 달려드는데 눈 하나 깜빡이지 않았잖아. 어떻게 그럴 수 있지?

다음엔 혹시 내 차례가 아닐까? 라는 말이 입 안에서 맴돌았을 텐데, 다들 입을 꼭 다물었다. 여자아이들 마음속에 철용은 검은 피부와 묵직한 몸과 큰 머리 대신에 지금껏 접해 보지 못한 이상야릇한 대범함과 신비감으로 새겨지고 있었다.

아무 일 없었다는 듯 철용은 새 모자를 뜨기 시작했다. 여자아이들은 끼리끼리 수다를 떨면서 철용을 흘깃흘깃 훔쳐보았다. 눈에 띄게 관심을 보이기 시작한 건 나리였다. 쉬는 시간이면 나리는 철용 곁을 지나면서 손을 들어 인사하고 한마디씩 다정하게 말을 건넸다. 그러면 철용은 보일 듯 말 듯 입가에 웃음을 지으며 나리를 올려다보았다. 나리가 무시당했다고 느끼지 않을 정도의 아주 짧은 시간이었다.

점심시간이 끝날 무렵 나리가 뜨개질을 하고 있는 철용에게 은근슬쩍 다가가 말을 걸었다.

"많이 떴어?"

나리가 친한 척 귀여운 척 얼굴을 들이밀며 물었다. 철용이 나리를 향해 시선을 돌렸다.

"저기 있잖아, 저번에는 미안했어. 일부러 그런 거 아냐. 난 경준이가 그 모양으로 무식하게 화낼 줄 몰랐어."

"괜찮아."

철용이 낮게 중얼거렸다.

"그래서 말인데, 그 모자 다시 주면 안 될까? 네 정성이 들어가서 그런지 정말 예쁘더라."

나리가 말꼬리를 늘이며 나긋나긋하게 말했다. 철용은 뜨개바늘과 실을 고쳐 잡으면서 천천히 머리를 흔들었다.

"나한테 화난 거야? 그러지 마, 응?"

나리가 우는 목소리로 아양을 떨었다. 하지만 철용은 나리에게 눈길을 주지 않은 채 단호하게 고개를 저었다. 나리는 잔뜩 삐친 얼굴로 철용을 쏘아본 다음 곁눈질하고 있던 여자아이들을 향해 사납게 눈을 흘겼다. 교복 재킷 주머니에 양손을 찔러 넣고 교실 밖으로 총총히 걸어갔다.

"어쩜 저러니, 여우."

여자아이 중 하나가 실눈을 뜨고 살래살래 머리를 흔들며 말했다.

"그래. 지 남자친구 하나 제대로 못 챙기는 주제에 어디서 또 눈웃음이야. 지 때문에 철용이 얼마나 많이 맞았는데 아무튼 양심이 없어! 못된 계집애."

"이쁜 것들은 이쁜 걸로 모든 게 용서될 거다 착각한다니까. 애초에 저런 애들하고는 상종할 필요가 없는데, 철용이만 괜히 불쌍하게 됐어."

"우리, 철용이 위로해 줄까? 이따가 떡볶이 먹으러 갈 때 철용이 데리고 가자."

선화가 눈을 반짝이며 말했다. 아이들이 고개를 끄덕이자 선화는 훅 숨을 들이켜고 일어나 철용에게 걸어갔다.

"철용아. 학교 끝나고 우리랑 떡볶이 같이 먹을래?"

철용은 뚫어져라 선화 얼굴을 올려다본 뒤 작게 말했다.

"아니."

"왜? 실은 우리가 너 위로해 주고 싶어서 그래."

선화는 친구들이 모여 있는 곳을 돌아다보았다. 철용은 선화를 따라 눈길을 돌려 자신을 보고 있는 여자아이들을 향해 엷게 웃어 보였다.

"고마워. 하지만 안 가."

"괜찮아, 부담 갖지 마."

선화가 말했다.

철용은 대답을 하지 않고 살포시 웃으며 잠시 멈추었던 뜨개질을 시작했다. 선화는 무척 실망한 얼굴로 되돌아갔다.

철용이 둥그렇게 모자 테두리를 뜨기 시작하자 여자아이들은 하루 종일 알게 모르게 교실 뒤쪽 창가를 주시했다. 여자아이들 관심이 한 사람을 향해 쏠리고 있음을 느낀 몇몇 남자아이들이 지나다니면서 철용을 툭툭 건드렸다. 철용은 무심한 태도로 남자아이들의 거칠고 드센 행동을 받아넘겼고 그럴수록 여자아이들은 철용을 향해 더욱 많은 관심을 주었다.

아침에 철용이 종이 가방을 들고 교실에 들어서자 여자아이들의 시선이 한순간 철용에게 모아졌다. 철용은 평소대로 앞만 바라보면서 자기 자리로 걸어가 앉았다. 종이 가방은 책상 옆 고리에 걸었다.

여자아이들은 쉬는 시간마다 신경을 곤두세웠다. 3교시가 끝나 수학 선생님이 교실을 나가자 철용이 종이 가방을 들고 일어섰다. 선영과 나리를 뺀 나머지 여자아이들은 각자 자기 자리를 지키고 앉아 모르는 척, 태연한 척 하느라 속으로 진땀을 흘렸다. 철용은 고개조차 돌리지 못하는 여러 여자아이들을 지나 복도 쪽 창가에 앉은 미선 앞에 멈추어 섰다.

"받아."

철용은 미선의 책상 위에 종이 가방을 내려놓으며 작게 말했다.

"엉?"

미선은 깜짝 놀라 벌떡 일어섰다.

"선물이야."

어쩔 줄 몰라 하는 미선을 남겨 둔 채 철용은 흔들림 없는 표정과 여유 있는 걸음으로 교실을 나갔다.

"세상에. 이번에 너야?"

아무 말 못 하고 있는 미선 대신에 짝꿍이 종이 가방에서 상자를 꺼냈다. 상자 안에는 예상대로 무지개 모자가 들어 있었다.

"예쁘다. 받을 거야?"

짝꿍이 은근슬쩍 미선을 떠보았다.

"그, 글쎄."

미선은 재빨리 상자를 닫으며 얼버무렸다.

종례가 끝나자 미선은 가방을 챙겨 메고는 책상 안에 넣어 두었던 종이 가방을 슬그머니 집어 들었다. 여자아이들은 얼굴도 성적도 몸매도 중간인, 성격마저 중간인 미선이 철용의 선물을 받았다는 사실에 안심을 했다. 그러다 곧 그리 잘나지 않은 미선이 선물을 받았다는 사실에 질투를 느꼈다. 다음 날 철용은 손톱만 한 고리를 만드는 것으로 새로운 출발을 알렸다. 여자아이들 사이에 퍼져 있던 긴장감 역시 설핏 누그러졌다.

열흘이 지나자 철용은 촘촘히 모자 테두리를 떴다. 여자아이들은 내일 즈음이면 철용이 모자를 예쁜 상자에 넣어 리본으로 장식하고 종이 가방에 넣어 올 거라는 걸 예상했다. 자기도 모르게 말수가 줄어든 아이들은 서로 눈을 맞추지 못했다.

점심시간이 끝나 가고 있었다. 운동장에서 뛰던 남자아이들이 하나둘 교실로 들어오기 시작했다. 그중 한바탕 농구를 하고 흥건하게 땀을 흘리며 들어온 한 무리가 철용을 둘러쌌다. 그 아이들은 농구공을 철용 책상 위에 튀겨 대며 위협적인 눈짓을 주고받았다. 철용은 손끝 하나 흐트러짐 없이 뜨갯거리를 상자에 정리해 넣었다.

"야, 황철용. 너는 뜨개질하러 학교에 오냐?"

키가 가장 큰 경준이 농구공을 철용 머리에 내리꽂는 시늉을 하다 맞은편에 서 있는 아이에게 던졌다.

"그만해!"

미선이었다. 미선이 남자아이들 쪽으로 성큼 걸어가면서 소리를 질렀다. 바짝 긴장해 있던 여자아이들의 시선이 단번에 미선에게 쏠렸다.

"웃긴다, 너. 네가 뭔데 참견이야."

경준이 미선을 향해 돌아서며 말했다.

"참견? 교실에서 공을 던지면 다른 사람이 다칠 수 있다는 거 몰라?"

미선이 평소와 달리 야무지게 쏘아붙였다. 경준이 몸을 건들대며 미선에게 다가가서는 팔을 길게 뻗어 어깨를 툭 밀었다. 미선이 휘청 뒤로 밀려났다.

"야, 강경준. 저번에 혼난 건 그새 잊어버렸지? 왜 또 행패야?"

선영이 벌떡 일어서서 고함을 질렀다.

"맞아. 너한테 다른 사람은 보이지 않지? 자기밖에 모르는 이기주의자."

"게다가 넌 힘만 센 무뇌아야."

"뭐? 무뇌아?"

"그래. 듣기 싫으니? 그러면 행동 조심해. 교실이 너네 집인 줄 알아?"

"너 자꾸 이런 식으로 폭력을 행사하면 우리도 가만히 안 있거든!"

바짝 날을 세운 여자아이들 몇이 번갈아 가며 경준을 몰아붙였다. 입을 다물고 있는 여자아이들 또한 경준을 노려보았다. 분위기가 심상치 않음을 느낀 남자아이들은 경준에게서 눈길을 돌리고 딴청을 부렸다.

"이것들이 정말, 여자라고 봐줬더니."

경준이 주먹을 쥐어 들고 눈을 부라렸다.

"봐주긴 뭘 봐줘. 누가 너같이 한심한 인간을 상대나 한대?"

"허! 허!"

경준은 당황한 기색으로 주변을 휘둘러보다 가슴을 두어 번 내려친 후 슬금슬금 교실을 빠져나갔다. 여자아이들은 계속해서 경준이 밀려 나간 문을 쏘아보았고 경준과 함께했던 남자아이들은 눈치를 보며 하나둘 자기 자리를 찾아갔다.

다음 날 철용은 종이 가방을 들고 학교에 왔다. 모자를 받은 아이는 얼굴은 예쁜데 공부는 중간 밑인 송이였다. 하루 종일 여자아이들은 부러움을 숨기려고 과장되게 많은 말을 하고 실없이 크게 웃었다.

철용이 다시 동그라미를 키우던 어느 즈음인가, 선화가 레이스 실과 코바늘이 든 상자를 들고 학교에 왔다. 일찌감치 점심을 먹고 이를 닦은 선화는 뜨갯거리를 챙겨 슬며시 철용 앞자리에 앉았다.

"진짜 잘 뜬다. 뜨개질하는 거 가르쳐 주면 안 돼?"

선화가 부러 크게 뜬 눈으로 철용을 응시하며 조심스럽게 물었다.

"잘 못 해."

철용이 뜨개질하던 손을 멈추고 선화를 향해 고개를 흔들었다.

"무슨 소리야. 엄청 잘하면서."

"못 가르쳐."

"그러지 말고, 조금만 알려 줘."

선화가 애교스러운 표정을 지으며 철용 가까이 몸을 기울였다.

"책을 사서 봐. 뜨개책에 처음부터 나와 있어."

육중한 몸을 슬쩍 뒤로 빼며 철용이 말했다. 철용이 은근히 고집이 세다는 걸 아는 선화는 바로 체념을 하고 자리로 돌아갔다.

곧바로 선화와 선화 친구들은 뜨개책을 한 권씩 사 들고 학교에 왔다. 점심시간부터 머리를 맞대고 앉아 뜨개질을 시작했다. 처음에는 잘 안 되는지 이렇게 하는 거다, 이게 맞다, 이것 봐, 책에 나온 대로 됐지, 재밌다 소란을 떨더니 이윽고 조용히 자기가 들고 있는 실과 코바늘에 온 신경을 집중했다.

삼 일 만에 선화 무리는 저마다 동그란 휴대전화 고리를 하나씩 완성했다. 이걸 누구한테 선물할까 떠들던 아이들이 한순간 철용에게 눈길을 주었다가 힘없이 거두어들였다. 아이들이 뜨개질에 대해서 큰 소리로 조잘댔지만 철용은 작은 관심조차 주지 않고 같은 속도로 손을 놀려 모자를 뜰 뿐이었다.

선화 무리가 금세 예쁜 휴대전화 고리를 만들어 낸 걸 지켜본 여자아이들은 하나둘 실과 뜨개바늘을 들고 왔다. 틈이 날 때마다 모여 앉아 서로 가르쳐 주며 뜨개질을 했다. 일주일 만에 여자아이들 모두가 뜨개질로 점심시간을 보내게 되었다.

이러한 변화를 가장 먼저 알아챈 건 부반장 성기였다. 성기는 깜빡 놓고 간 휴대전화를 챙기러 교실에 들어서다 낯선 반 분위기에 흠칫 놀라 멈추어 섰다. 휴대전화를 손에 쥐고 운동장으로 뛰어나가면서 대체 왜 교실이 남의 집처럼 느껴지는지 생각했다. 철용이 시작한 뜨개질 때문임을 문득 깨달았다. 자신이 다 쓴 볼펜 신세가 되어 여자아이들 관심 밖으로 내동댕이쳐졌다는 사실에 마음이 불쾌했다. 문제 될 건 없지만 영 달갑지 않았다.

발이 넓고 수완까지 좋은 성기는 옆반 남자아이들과 한 차례 만나 축구 시합을 성사시켰다.

"황철용, 너 우리 반 축구 대표 선수야."

성기가 철용의 어깨를 두드리며 말했다.

철용이 책상을 정리하다 얼굴을 돌려 성기를 보았다.

"내일 점심시간부터 축구 연습할 거거든. 점심 빨리 먹고 운동장으로 나와. 이번 주 토요일에 6반하고 햄버거 내기 시합할 거야."

"안 해."

철용이 짧게 대답했다.

"너는 3학년 7반 아냐? 같은 반이면 반을 위해서 행동을 해야지. 자신 없으면 골대 옆에 서 있기라도 해."

성기가 짐짓 화난 표정을 지어 보이며 말했다.

"안 해."

철용이 조금 크게 말했다.

"정말 이러기야? 아무튼 내일 점심시간에 운동장으로 나와!"

성기는 명령하듯 말하고 휙 돌아섰다. 철용은 정리를 마저 끝내면서 아주 느리게 고개를 흔들었다.

아침부터 성기가 축구 연습이 있음을 공지했지만, 점심시간에 철용은 평소처럼 뜨개질을 했다. 성기가 남자아이 서넛과 같이 씩씩거리며 교실로 들어왔다.

"야! 황철용. 끝까지 이럴 거냐?"

성기가 한 손을 책상에 올려놓고 기세등등하게 철용의 코앞에 상체를 들이댔다.

철용은 표정 없는 얼굴로 성기를 바라보았다.

"운동장에 나와서 연습하기로 했잖아!"

"안 한다고 했어."

머리를 숙이고 뜨개바늘을 고쳐 쥐며 철용이 말했다.

"뭐야? 너 3학년 7반 남자 맞아? 맞다면 이렇게 행동할 수 없지. 시시껄렁한 뜨개질 때문에 반 친구들을 배신하면 넌 진짜 나쁜 놈이야!"

성기는 철용 손에서 실과 바늘을 빼앗아 바닥에 내동댕이쳤다.

철용은 실과 바늘을 주우려 몸을 숙였다. 성기는 그런 철용을 뒤로 확 밀어젖혔다. 철용은 의자와 함께 교실 바닥에 그대로 나뒹굴었다.

"또 폭력이니? 폭력이야!"

선화가 성기를 막아서며 고함을 질렀다.

"할 말이 없으면 곧장 주먹부터 나가는구나. 배운 거 따로 행동하는 거 따로, 단순무식해서 멋대로 하고, 정말 좋겠다, 좋겠어."

성기가 주춤주춤 뒤로 물러섰다. 그사이 슬기가 철용에게 다가가 손을 내밀었다.

"고마워."

철용은 슬기 손 대신에 벽을 붙잡고 무거운 몸을 일으켰다.

"싫어하잖아. 싫다는 애를 왜 억지로 끼워 넣는데! 대체 무슨 속셈인데! 선수가 부족한 것도 아니잖아."

"각자 하고 싶은 거 하면 되지, 왜 이래라저래라 강요하니."

"그깟 축구가 뭐 대단한 일이라고. 너희들 정말 웃기는 거 알아?"

여자아이들 여럿이 대차게 몰아붙이자 성기와 남자아이들은 한 발 두 발 문밖으로 밀려 나갔다.

한심하다는 듯 남자아이들을 넘겨다보던 선영이 뒤돌아서서 철용을 향해 물었다.

"괜찮아?"

"응."

어느새 자리에 앉은 철용이 보라색 레이스 실을 왼손 검지에 걸며 무심히 대답했다. 여자아이들은 서로를 향해 눈짓을 교환하고 어깨를 으쓱이고 귀엣말을 하면서 각자 자리로 돌아가 뜨갯거리를 손에 쥐었다.

날이 더 추워지고 수행평가 과제물이 많아지면서 밖으로 나돌던 남자아이들이 하나둘 교실에 머무르기 시작했다. 여자아이들은 미처 못 한 과제물을 하느라 쉬는 시간마다 부산했지만 점심시간에는 자리에 앉아 뜨개질을 했다. 남자아이들이 교실 안에서 시끄럽게 뛰어다닐라치면 매섭게 쳐다보고 날카롭게 쏘아붙여서 밖으로 내쫓았다.

선화에게 모자를 선물한 그다음 날부터 철용은 두꺼운 털실을 가져왔다. 레이스 실에서 털실로 바뀌어 모자의 두께만 달라졌을 뿐 색과 모양은 전과 똑같았다.

차분하면서 부드러운 기운이 교실 바닥에서부터 아이들 머리 위까지 골고루 퍼져 있었다. 아이들은 그 기운 속에서 평온을 누렸다. 그 평온의 중심에서 철용은 돌부처처럼 앉아 뜨개질을 했다. 파란색 실을 손가락에 걸고 빠르지도 느리지도 않은 속도로 손을 놀리는 철용은 세상에서 두어 걸음 벗어난 듯 보였다.

남자아이들 역시 분위기에 젖어들고 있었다. 그 누구보다 운동하는 걸 좋아하는 경민이 뜨개질하고 있는 짝꿍 선화를 흘끔거리다 조심스레 물었다.

"재미있냐?"

"왜?"

선화가 살짝 날을 세워 되물었다.

"그냥."

경민이 어깨를 으쓱였다.

"재밌어. 해 봐야 이해할 수 있을걸."

"그래? 가르쳐 줄 수 있냐?"

"원한다면. 그런데 세 번 이상 설명하게 하면 안 된다."

"잘난 척은."

"싫으면 말고."

"알았어. 그런데 그거 문방구에서 파냐?"

심심해하던 몇몇 남자아이들이 뜨개질을 하는 경민에게 호기심을 보이다 재깍 따라 하기 시작했다.

별일 아닌 일에 큰 소리로 윽박을 지르거나 여럿이 모여 앉아 휴대전화를 하나씩 들고 게임을 하는 모습은 더 이상 찾아볼 수 없었다. 한 손엔 뜨개바늘을 잡고 한 손엔 알록달록한 실을 매단 채 누군가를 생각하며 실을 걸고 뺄 뿐이었다.

겨울방학을 며칠 앞둔 무렵엔 철용이 그다지 눈에 띄지 않았다. 교실 안에는 몸피가 작은, 머리카락이 긴, 키가 큰, 살빛이 흰 철용들이 가득했으니 말이다.

김리리 … 수

빠앙—

거친 굉음과 함께 지하철이 플랫폼으로 들어온다. 문이 열리고 사람들이 내린다.

마지막 사람까지 내리길 기다렸다가 천천히 지하철에 몸을 실었다. 평일 낮이라 그런지 빈자리가 눈에 띄었다. 검은색 정장을 입은 젊은 여자와 등산복을 차려입은 아줌마 사이에 앉았다. 젊은 여자는 면접을 보러 가는지, 잔뜩 긴장한 모습으로 종이에 적힌 무언가를 열심히 외우고 있었다.

찰캉 찰캉 찰캉.

넓은 창 뒤로 어둠이 빠르게 지나간다. 건너편 창에 내 모습이 반사되어 비친다. 마네킹처럼 영혼 없는 눈빛이 나를 보고 있다.

"엄마는 우리 채연이 교복 입은 모습이 가장 예쁘더라. S고 다니는 게 얼마나 자랑스러운지 몰라. 지금까지 해 왔던 것처럼 앞으로 삼 년 동안 죽어라 공부해서 보란 듯이 의대에 들어가는 거야. 불쌍한 우리 지연이 병도 고쳐 주고……."

아침에 집에서 나올 때 엄마가 했던 말이 떠올랐다. 엄마는 지연이가 토한 음식을 닦아 내며 눈물을 글썽이고 있었다. 지연이가 커 갈수록 엄마는 점점 지쳐 갔다. 지연이를 안아서 옮기느라 엄마의 팔과 다리에는 늘 파랗게 멍이 들어 있었다.

'엄마, 나 이제 안 되겠어. 정말 미안해.'

목까지 올라온 말이 입 안에서만 맴돌다가 사라졌다.

"언니…… 학교 갔다 와."

지연이가 힘들게 고개를 돌려 나를 보며 웃었다. 태어날 때부터 뇌에 이상이 있었던 지연이는 어느덧 열두 살이 되었지만, 지능은 여섯 살 정도이고 몸도 잘 가누지 못한다. 지연이는 내가 학교에 다니는 걸 무척 부러워한다.

"응. 잘 다녀올게."

지연이에게 손을 흔들고는 서둘러 집을 나왔다. 정류장에서 학교 가는 버스를 타지 않고, 무작정 큰길을 따라 걸었다. 회색 도시가 뿌연 안개 속에 잠겨 있었다. 나는 걷고 또 걸었다. 학교도 집도 엄마도 아빠도 몸이 불편한 지연이도 없는 곳……. 안개 속으로 영원히 사라져 버리고 싶었다.

건너편 대각선 방향에서 나를 보고 있는 듯한 시선이 느껴졌다. 눈길을 그쪽으로 돌리자, 내 또래 남자아이가 보였다. 왼쪽 얼굴에 화상 자국이 있는 아이였다. 나와 눈이 마주치자 놀란 듯 얼른 눈길을 피했다. 설마……. 머릿속에 수의 이름이 스쳐 지나갔다. 왼쪽 볼과 눈에 있는 화상 자국이 그 애와 비슷하다. 하지만 아니다. 흉터를 감추려는 듯 긴 머리로 얼굴 반을 가리고, 늘 고개를 푹 숙이고 있던 수. 가끔 머리카락 사이로 보이는 그 애의 눈빛은 초등학교 6학년 남자아이라고 하기에는 믿기지 않을 만큼 섬뜩했다. 아무도 그 애와 눈을 맞추지 못했다. 하지만 지금 내 앞에 앉아 있는 남자아이의 눈빛은 편안해 보였다. 남자아이가 다시 나를 바라보며 수줍게 웃는다. 어떤 반응을 보여야 할지 망설이다가 카톡을 확인하는 척하며 전화기를 만지작거렸다. 하지만 전화기는 이미 전원이 꺼져 있다. 다시 전원을 켤까 하다가 그만두었다.

"이번에 내리시는 역은 이 열차의 종착역인 당고개, 당고개역입니다. 이번 역에서 모두 내려 주시기 바랍니다."

지하철 안내방송이 나왔다. 곧이어 빨리 내리기를 재촉하듯 지하철 안 불빛이 깜빡거렸다. 문이 열리자 천천히 밖으로 나왔다. 사람들 무리에 휩쓸려 개찰구까지 나오고 나니, 이제 어디로 가야 하나 고민이 되었다. 갑자기 현기증이 났다.

"채연아."

뒤에서 내 이름을 부르는 소리. 나는 마법에 걸린 듯 우뚝 그 자리에 멈추어 섰다.

"채연이 맞지?"

한 무리의 사람들이 지나쳐 가기를 기다렸다가 조심스럽게 뒤를 돌아보았다. 좀 전에 지하철 안에서 나를 보며 수줍게 웃던 남자아이였다. 목소리도 눈빛도 모두 변했지만 내가 아는 그 애가 분명했다.

"나야, 수. 기억하지?"

남자아이가 쑥스러운 듯 낮은 목소리로 말했다. 기억 속에 가려져 있던 예전 일들이 서서히 떠올랐다.

5학년 겨울방학을 앞두고 있을 때, 엄마는 갑자기 서울로 이사하자고 했다.

"오늘 집 알아보고 왔어. 지연이 병원도 가깝고……."

엄마의 말이 끝나기도 전에 아빠가 버럭 화를 냈다.

"수원에 있는 병원 다 놔두고 몸이 불편한 애를 서울까지 끌고 다니더니, 이제는 아예 서울로 이사하겠다고? 그런다고 뭐가 달라지는데? 지연이 장애가 없어지기라도 한대?"

"지연이 때문에 그런 것만은 아니잖아. 우리 채연이 교육 문제도 있고……."

"지금 다니는 학교에서 공부 잘하고 있는데, 채연이가 왜 문제야?"

"당신이 몰라서 그렇지, 여기서 1등 해 봤자, 좋은 대학 가기 힘들어. 채연이가 잘되어야지……. 나중에 우리 죽고 나면 불쌍한 지연이는 누가 돌봐 줘. 그때는 정말 채연이밖에 없잖아."

아빠는 엄마의 고집을 꺾을 수 없었다. 겨울이 다 지나기 전에 우리 가족은 수원에 있는 아파트를 팔고, 사당동에 있는 허름한 전세 아파트로 이사했다. 서울 집값이 비싸서 작은 전셋집을 얻는 데도 대출을 많이 받아야 했다. 아빠는 서울에서 수원으로 통근하면서부터 퇴근 시간이 점점 늦어졌다. 좁은 집과 다달이 조여 오는 대출금, 아빠의 늦은 귀가. 이사를 온 뒤 엄마 아빠는 자주 싸움을 했고 지연이는 그때마다 벽에 머리를 들이받으며 울었다. 서울 생활은 우리 가족을 더 불행하게 만들었다. 그해 겨울이 잔인할 만큼 느리게 지나갔다.

6학년 봄, 새 학교로 등교를 했다. 전학 간 학교는 건물이 매우 낡아 있었다. 초라한 모습을 감추려는 듯 외벽은 분홍색과 하늘색으로 요란하게 페인트칠이 되어 있었는데, 그게 더 흉하게 느껴졌다. 건물로 들어서자, 오래된 건물에서 나는 곰팡내가 확 풍겼다.

배정받은 6학년 4반 교실로 들어서는데 왠지 모르게 싸늘한 분위기가 느껴졌다. 어디에 앉을까 교실을 둘러보다가 뒷문 앞에 앉아 있는 남자아이에게 눈길이 멈추었다. 남자아이는 연필 깎는 칼로 책상을 긁고 있었다. 책상 밑으로 그 애의 긴 다리가 불안하게 떨리고 있었다. 칼로 책상을 긁던 아이가 내 쪽으로 고개를 돌렸다. 그 아이의 눈을 보는 순간, 숨이 멎는 것 같았다. 머리카락에 반쯤 가려진 왼쪽 눈은 화상 때문에 흉하게 일그러져 있었고, 다른 한쪽 눈은 금방이라도 달려들 것처럼 공격적이었다.

상처받은 짐승의 슬픔 같은 것이 느껴졌다. 나는 자리를 찾아 앉을 생각도 하지 못하고 한참 동안 멍하니 그 아이를 바라보았다. 수와의 첫 만남이었다.

"오랜만이네?"

수가 말했다.

"응."

"아직도 예전 동네에 살아?"

"응."

내 대답이 짧아서인지, 아니면 더 물을 게 없어서인지 수는 말을 잇지 못했다. 어색한 침묵이 흘렀다.

"혹시 바쁜데 내가 붙들고 있는 건 아닌가……."

수가 조심스럽게 내 눈치를 살피며 물었다.

"괜찮아."

"다행이다. 난 목공소에 가는 길인데……. 좀 늦게 가도 돼. 이대로 헤어지기 아쉬운데……. 혹시 점심 안 먹었으면 뭐 먹으러 갈래?"

수의 다정한 목소리를 듣는 순간 갑자기 허기가 몰려왔다. 그러고 보니 아침부터 제대로 먹은 게 없었다.

"일단 밖으로 나가자. 여긴 너무 어지러워."

나는 가장 가까운 출구를 찾았다. 밖으로 나오자, 길 건너 김밥집이 눈에 띄었다. 수에게 묻지도 않고, 김밥집으로 들어갔다. 수가 조용히 내 뒤를 따라왔다.

"어서 오세요."

테이블에 앉자, 앞치마를 두른 아줌마가 친절하게 웃으며 다가오다가 순간 표정을 굳혔다.

"어릴 때 화상을 입어서 그래요."

수는 이런 일이 익숙한 듯 태연하게 말했다.

"그, 그랬구나. 부모님이 많이 속상했겠네."

"괜찮아요. 부모님 안 계세요."

수가 무덤덤하게 대답하고는 나한테 말을 걸었다.

"나는 김밥. 너는 뭐 먹을래?"

"나는 라면."

아줌마는 주문을 받자마자 도망치듯 주방으로 향했다.

"걔 있잖아……."

6학년 1학기가 한 달쯤 지난 무렵, 나에게도 친구가 생겼다. 주영이란 아이였는데, 나와 같은 아파트 같은 동에 살고 있었다. 우리는 학교와 집을 자주 함께 오갔다. 한번은 집에 가는 길에 주영이가 수에 대한 이야기를 꺼냈다.

"너, 걔 별명이 뭔 줄 알아?"

"누구?"

"수 말이야."

주영이는 주위를 살피더니 잠깐 귀를 대 보라고 했다.

"프랑켄슈타인이야."

"프랑켄슈타인?"

"그래. 생긴 것도 그렇고, 하는 짓도 그렇고 완전 괴물 같잖아. 하지만 앞에서는 절대로 별명을 부르면 안 돼. 5학년 때 어떤 남자아이가 프랑켄슈타인이라고 놀렸다가 죽을 뻔한 적이 있었거든. 프랑켄슈타인이 그 남자아이한테 의자를 들어 던졌는데, 머리가 깨져서 병원에 실려 갔었어. 애들이 그러는데, 조폭들이 프랑켄슈타인 뒤를 봐주고 있대."

"설마, 아직 초등학생인데?"

"정말이라니까. 어깨에 문신을 새긴 조폭 아저씨가 학교 앞에서 프랑켄슈타인을 기다렸다가 데려가는 걸 애들이 봤다는데……. 그래서 일진들도 개한테는 꼼짝 못하는 거야."

주영이가 하는 말은 무시무시했다. 소문 때문인지 아이들은 수가 나타나면 슬금슬금 자리를 피했다. 수도 그걸 아는 것 같았다. 아이들이 재밌게 놀고 있으면 일부러 다가가서 놀래곤 했다. 수는 늘 교실 뒷문 쪽에 앉았는데, 아이들은 되도록 뒷문 대신 앞문을 이용했다. 쉬는 시간에도 교실 앞쪽에서 놀거나 복도에 나가서 놀았다. 언제부터인가 교실 뒤쪽은 수의 왕국이 되어 버렸다.

선생님은 날씨가 따뜻해지자 창가 쪽에 식물을 키우자고 했다. 우리는 여러 개의 화분에 고추와 토마토, 상추 모종 등을 나누어 심고 햇빛이 잘 드는 창가에 두었다.

"어머, 교실이 꼭 식물원이 된 것 같다. 앞으로 당번 정해서 잘 키워 보자. 관찰 일기도 열심히 쓰고."

선생님은 우리보다 더 들떠 있었다.

"선생님, 제가 달팽이 가져올까요? 집에서 달팽이 키우거든요."

준석이가 손을 번쩍 들고 말했다. 발표를 잘해서 선생님께 귀염을 받는 아이였다.

"그거 좋은 생각이다. 식물원에 딱 어울리겠어."

다음 날 준석이는 달팽이를 교실에 가져왔다. 투명한 플라스틱 통에 엄지손가락만 한 달팽이 두 마리가 들어 있었다. 달팽이는 햇빛을 싫어한대서 수의 뒷자리에 있는 탁자에 놓았다.

"달팽이 담당을 정해서 돌보는 게 어떨까?"

선생님의 의견에, 아이들은 서로 눈치만 살폈다. 달팽이를 가져온 준석이도 귀찮은 일은 맡고 싶어 하지 않았다. 더욱이 아이들은 수의 왕국에 드나드는 걸 두려워했다.

"누구 하고 싶은 사람 없어?"

"선생님, 제가 해 볼게요."

나는 조심스럽게 손을 들었다.

"그래. 그럼 채연이가 좀 맡아 줄래?"

선생님은 골치 아픈 일이 해결된 듯 홀가분한 표정을 지었다.

전학 온 지 꽤 지났지만 나는 주영이 말고는 가까이 지내는 친구가 없었다. 하지만 친구가 많은 주영이는 학교와 집을 오갈 때 빼고는 나랑 잘 있지 않았다. 집과 학교 그 어느 곳에도 마음을 붙이지 못했던 나에게 달팽이는 좋은 친구가 되어 주었다. 나는 쉬는 시간마다 교실 뒤쪽으로 가서 달팽이 먹이를 챙겨 주고, 몸이 마르지 않게 분무기로 물을 뿌려 주었다. 그리고 벌레가 생기지 않게 자주 흙을 갈아 주었다. 달팽이는 신기하게도 당근을 먹은 날은 붉은색 똥을, 상추를 먹은 날은 초록색 똥을 쌌다.

"오늘은 조금밖에 안 먹었네. 온종일 그 안에 있으면 답답하겠다."

나는 달팽이와 이야기를 나누는 게 습관이 되었다. 급식을 다 먹은 아이들이 운동장에 나간 뒤에는 달팽이들한테 편하게 이야기를 할 수 있었다. 달팽이는 기다란 더듬이를 움직이며 주위를 살피다가도 소리가 나면 깜짝 놀라서 단단한 껍데기 안으로 숨어 버렸다. 그런데 시간이 좀 지나자 내가 다가가도 달팽이들이 숨지 않았다. 자기들을 돌봐 주고 있다는 걸 아는 것 같았다.

수는 다른 아이들이 달팽이를 보러 다가가면 매섭게 노려보곤 했는데, 내가 달팽이를 돌볼 때는 얌전하게 자리에 앉아 있었다. 그리고 어느 순간부터는 내가 달팽이한테 하는 이야기를 듣고 있는 듯한 느낌이 들었다. 내가 콧노래를 흥얼거리자 수의 입가에 미소가 번지는 걸 보았다. 어쩌면 수도 나처럼 이야기를 나눌 사람이 없어서 외로웠을지 모른다. 가끔은 내 이야기를 조용히 들어 주는 수가 고맙게 느껴졌다.

주문한 음식이 나왔다. 아까는 뭔가 먹고 싶다는 생각이 들었는데, 막상 음식이 들어가니 속이 울렁거려서 삼키는 게 힘들었다. 몇 젓가락 떠먹다가 젓가락을 테이블에 내려놓았다.

"왜 그것밖에 안 먹어?"

수는 김밥을 먹지 않고, 걱정스러운 얼굴로 나를 지켜보고 있었다. 나는 숟가락을 들고 라면 국물을 떠먹었다.

"너, S고등학교 다니는구나. 그 학교 들어가기 엄청나게 힘들다던데……."

수가 내 교복에 찍힌 학교 이름을 보며 말했다. 갑자기 목이 메었다. 남색 교복에 빨간색 넥타이. S고 마크가 찍힌 반짝거리는 금 단추. 각 중학교에서 3퍼센트 안에 들었던 아이들이 모여 있는 학교, S고에만 들어가면 내 꿈이 이루어질 거라고 생각했다.

하지만 그 모든 게 내 환상이었다. 명문고라고 해서 학교 수업이 특별한 건 아니었다. 아이들 대부분이 고 2, 3학년 것까지 진도를 끝낸 상황이라 수업은 형식적으로 이루어졌다. 아이들 대부분은 강남에 살고 있고, 부모들의 직업도 꽤 화려했다. 학교가 끝나면 교문 앞에 고급 자동차들이 줄을 이었다가 함께 스터디를 하는 아이들을 태우고 이동했다. 하루하루 경쟁은 훨씬 더 치열해졌고, 내 등수는 늘 밑바닥을 맴돌았다. 잠자는 시간을 더 줄이고, 화장실 가는 시간과 밥 먹는 시간까지 아껴 가며 공부에 매달렸지만 소용없었다. 시간이 지날수록 점점 초조해지면서 머릿속은 더 멍해졌다. 언제부터인가 문제집을 보면 글자들이 뿌옇게 흐려지다가 눈앞에서 뱅글뱅글 도는 것 같았다. 요즘에는 잠도 잘 오지 않았다. 겨우 잠이 들면 발밑에 있는 땅이 무너지면서 아래로 끝없이 추락하는 꿈을 꾸었다.

"너희 엄마는 너 의대 가기를 바라던데……. 성적이 이 모양인 건 알고 그러시는 건지 모르겠다."

상담하던 선생님은 내 성적표를 보며 늘 한숨만 내쉬었다.

"그러지 말고, 너도 친구들이랑 스터디하는 건 어때? 민정이 어머님이 함께했으면 하던데……. 네가 대답을 안 한다고 답답해하시더라. 혹시 과외비 때문에 그러니? 의대 가면 그보다 훨씬 더 많이 들어갈 텐데……. 혼자 고민하지 말고 부모님이랑 상의해 봐."

담임은 한 달에 몇백만 원씩 드는 스터디에 들어가는 걸 쉽게 이야기했다. 이 학교에 들어오기 전에도 학원비 때문에 여러 번 대출을 받아야 했다. 대출을 받을 때마다 엄마는 한숨이 길어졌고, 아빠는 화내는 일이 많아졌다. 담임하고 상담한 이야기를 하면 엄마는 어떻게든 돈을 구하려고 할 거고, 엄마 아빠의 싸움이 또 시작될 게 뻔하다. S고 교복은 처음부터 나 같은 아이한테는 어울리지 않는 옷이었다.

"이 교복 마음에 안 들어. 너무 답답해."

나는 혼잣말처럼 중얼거렸다. 조용히 나를 지켜보던 수가 자리에서 일어났다.

"물 가져다줄까?"

수는 물컵을 나에게 건넸다. 물을 마시자 답답했던 게 좀 풀리는 것 같았다. 그러고 보니 수는 회색 후드 티에 남색 트레이닝 바지를 입고 있었다. 그 모습이 참 편해 보였다.

"아까 목공소에 가는 길이라고 했니?"

나는 궁금한 게 떠올랐다.

"응. 삼촌이 하는 목공소인데, 시간 날 때마다 가서 일을 배우고 있거든."

"목공 일을 배운다고?"

"응. 나무로 뭔가 만드는 게 좋아서. 아직 간단한 거밖에 못 만들지만……."

수는 쑥스러운 듯 머리를 긁적거렸다.

"너는 좋아하는 일 있어?"

수가 나에게 물었다.

'좋아하는 일……'

그런 건 한 번도 생각해 보지 못했다. 지연이가 좋아하는 건 열 가지도 넘게 말할 수 있는데 말이다. 지연이는 그림 그리는 걸 좋아한다. 욕조에 들어가 물장난하는 것도 좋아하고, 잠자기 전에 내가 자장가 불러 주는 것도 좋아한다. 그리고 학교 놀이 하는 걸 좋아하는데, 학교 놀이를 할 때면 내가 선생님이 되고 지연이는 학생이 된다. 지연이는 말을 잘 듣는 학생이다. 내가 질문을 할 때마다 지연이는 방글방글 웃으며 "네." 하고 대답한다. 지연이는 예전에 특수교육을 하는 유치원에 다닌 적이 있었다. 엄마는 한 시간이 넘게 걸리는 유치원까지 매일 운전을 해서 다녔다. 하지만 지연이는 수업받는 게 점점 힘들어져서 유치원을 그만두어야 했다. 지연이는 그때를 떠올리며 학교에 가고 싶다고 한다. S고등학교에 입학하던 날, 지연이한테 내 교복을 입히고, 휠체어에 태워 동네를 한 바퀴 돌았다. 지연이가 소리를 지르며 좋아하던 모습이 떠올랐다. 하지만 내가 좋아하는 건 쉽게 떠오르지 않았다.

"참, 넌 의사가 되고 싶다고 했었지?"

오래전 일이 생각난 듯 수가 갑자기 물었다.

"그걸 기억해?"

"그럼. 글짓기 대회에서 상 받아서 발표했잖아. 꿈이 주제였고……. 동생 병을 고쳐 주고 싶다고 했던 것 같은데. 지금도 의사가 되는 게 꿈이야?"

나는 선뜻 대답할 수 없었다.

어린 시절 나는 꿈이 많았다. 그림 그리는 게 좋아서 화가가 되고 싶었고, 노래 부르는 것도 좋아해서 가수도 되고 싶었다. 그림책이 좋아서 그림책 작가를 꿈꾸기도 했다. 그런데 지연이가 태어나면서 내 꿈은 의사로 바뀌었다. 내가 의사가 되는 건 엄마의 바람이기도 했다. 언제부터인가 엄마의 꿈이 내 꿈이 되었고, 내 꿈이 엄마의 꿈이 되었다. 그 이후로 단 한 번도 다른 미래를 생각해 본 적이 없다. 내가 다른 걸 꿈꾼다는 건 엄마를 배신하고, 내 동생 지연이를 버리는 일인 것 같았다.

"요즘에 언니가 학교에서 달팽이를 돌보고 있는데, 정말 귀여워."

나는 학교에서 돌아오면, 지연이한테 달팽이 돌보는 이야기를 들려주었다. 달팽이가 어떻게 생겼는지 그림도 그려 주고, 당근을 줬더니 붉은색 똥을 쌌다는 이야기도 해 주었다.

"어, 언니. 나, 나도 달팽이 보고 싶어."

지연이에게 달팽이를 꼭 보여 주고 싶었다. 지연이가 달팽이를 보며 좋아서 소리를 지르는 모습이 머릿속에서 어른거렸다. 고민고민하다가 어렵게 용기를 내서 선생님께 부탁했다. 선생님은 귀찮은 듯 달팽이 주인 준석이한테 직접 물어보라고 했다.

"내가 돌보는 달팽이 말이야……. 주말에 집에 데려갔다가 월요일 날 다시 데려오면 안 될까?"

"내 달팽이를 집에 데려가겠다고? 왜?"

준석이는 이상하다는 듯 물었다.

"내 동생이 동물을 좋아하거든. 한번 직접 보여 주고 싶어서……. 월요일 날 꼭 데려올게. 부탁해."

준석이가 잠시 망설이는 사이, 옆에 있던 남자아이 중의 한 명이 말했다.

"쟤 동생 장애인이잖아. 걔 보여 주고 싶어서 그러나 봐."

"정말? 장애인이 내 달팽이 만지는 거 싫은데……."

준석이는 눈살을 잔뜩 찌푸렸다. 더는 아무 말도 할 수 없었다.

"싫으면 됐어."

나는 조용히 내 자리로 돌아와 앉았다. 바보처럼 괜한 이야기를 꺼낸 것 같아 후회되었다.

주말을 보내고 교실에 들어섰을 때였다. 교실 뒤쪽에 아이들이 모여 있었다. 무슨 일인가 가까이 다가가 보니, 달팽이 집이 텅 비어 있었다.

"달팽이 어디 갔어?"

나는 놀라서 주위에 있던 아이들한테 물었다.

"어디 가긴, 네가 가져가 놓고 모르는 척이야."

준석이가 사나운 눈으로 나를 노려보았다. 주위에 있던 아이들의 눈길이 모두 나에게 쏠렸다.

"무슨 말이야? 나…… 아니야."

나는 떨리는 목소리로 겨우 대답했다.

"네가 동생 보여 주고 싶다며? 병신 동생 말이야."

준석이가 비실비실 웃으며 내 앞으로 다가왔다. 나는 놀라서 뒷걸음을 쳤다.

"이러지 마. 난 정말 안 가져갔어."

"이르지 마. 난 증말 안 가져갔엉."

준석이가 내 말을 따라 하며 비아냥거렸다. 그때 뒷문이 열리고, 수가 들어왔다. 화장실에 다녀온 듯 손에 있는 물기를 바지에 닦으며 아이들을 보았다.

"뭐야?"

"달팽이가 사라졌어. 김채연이 가져간 것 같은데, 이게 오리발을 내밀잖아."

준석이가 수를 보며 고자질하듯 말했다.

"달팽이 죽었어."

수가 피식 웃으며 입을 삐죽거렸다.

"주, 죽었다니……. 금요일까지 멀쩡했던 달팽이가 왜 죽어?"

준석이가 놀란 얼굴로 따져 물었다.

"내가 버렸어."

"뭐, 네가 왜?"

"어떤 병신 새끼가 상추를 잔뜩 넣어 줬더라."

"상추? 그건 내가 넣어 줬는데……. 그게 왜?"

준석이가 어리둥절한 얼굴로 말했다.

"날은 덥고, 상추는 썩고……. 날벌레들이 끓으면서 달팽이 껍데기 안에 알을 낳았어. 냄새 나고 더러워서 변기에 버리고 왔어."

수의 말을 증명이라도 하듯 달팽이 집 주위에 날벌레가 날아다녔다. 아이들이 잔뜩 찡그린 얼굴로 달팽이 집을 들여다보았다.

"으악, 벌레."

"뭐야, 더럽잖아. 준석이 네 잘못이니깐 네가 처리해."

아이들이 한마디씩 했다. 준석이는 잔뜩 찡그린 얼굴로 달팽이 집을 들고 교실 밖으로 나갔다.

갑자기 눈물이 쏟아졌다. 아무런 잘못 없이 의심을 받은 것도 속상하고 내 동생에 대해 함부로 말하는 애들한테도 화가 났다. 그리고 무엇보다 내가 잘 돌보지 못해서 달팽이가 죽은 게 속상했다. 준석이가 상추를 잔뜩 넣을 때 못 하게 말렸어야 했는데, 준석이 말에 화가 나서 그냥 내버려 두고 집에 갔던 게 후회가 되었다. 모든 게 내 잘못처럼 느껴졌다.

그날은 가만히 있어도 자꾸 눈물이 나와서 수업 시간 내내 고개를 들 수 없었다. 나는 아이들이 볼까 봐 쉬는 시간마다 화장실로 달려갔다. 온종일 울어서 그런지 얼굴이 퉁퉁 부어 있었다. 수업이 끝나고 집으로 무거운 발걸음을 옮겼다. 현관을 열고 안으로 들어서자, 지연이가 나를 보며 반겼다.

"어, 언니, 다, 달팽이."

지연이가 가리킨 탁자를 보니, 음료를 담는 투명 플라스틱 통이 있었다. 그리고 그 안에 달팽이 두 마리가 들어 있었다. 한눈에 봐도 내가 학교에서 키우던 달팽이가 분명했다.

"어떻게 된 일이야?"

나는 놀라서 엄마한테 물었다.

"초인종 소리가 나서 나가 봤더니, 문 앞에 이게 있더라고. 난 네가 가져다 놓은 건 줄 알았는데 아니었어?"

"달팽이 예뻐."

지연이가 손뼉을 치며 좋아했다.

"너희 살아 있었구나."

나는 달팽이가 들어 있는 플라스틱 통을 꼭 끌어안았다.

"목공 일 하는 건 힘들지 않아?"

"힘들어. 다칠 때도 많고……. 조금만 긴장을 늦추면 바로 사고가 나거든."

그러고 보니, 수의 손에는 반창고가 덕지덕지 붙어 있었다.

"많이 아팠겠다."

"괜찮아."

"목공 일 말이야, 힘든데 왜 배우려고 해?"

"힘들긴 한데, 무언가 완성되는 걸 지켜보는 게 좋아."

"무언가 완성되는 거……."

100점 맞은 시험지만 가져다주면 엄마를 기쁘게 할 수 있다고 생각했다. 처음에는 한 과목, 다음에는 두 과목, 그리고 세 과목……. 엄마의 목표는 점점 더 커졌다. 엄마가 원하는 중학교에 가야 했고, 그리고 또 엄마가 바라는 고등학교에 가야 했다. 나는 엄마와 지연이를 위해 정말 열심히 공부했는데, 이제는 앞이 보이질 않는다.

"괜찮아?"

수가 걱정되는 얼굴로 화장지를 건넸다. 그러고 보니 코에서 뭔가 뜨거운 게 흐르는 것 같았다.

"괜찮아. 자주 있는 일이야."

나는 화장지를 받아서 코를 닦았다. 하얀 화장지에 붉은 핏자국이 물감처럼 번졌다.

"코피가 많이 나네. 얼굴색도 안 좋고. 공부한다고 너무 무리하는 거 아니야?"

수는 화장지를 더 뽑아서 나에게 건넸다. 나는 수의 손등을 내려다보았다. 수의 손등에 오래된 흉터 하나가 희미하게 남아 있었다. 내 손등에 방금 상처가 난 것처럼 찌릿한 통증이 느껴졌다.

천둥이 치고, 비가 많이 쏟아지던 날이었다. 아이들은 밖으로 나가지 못하고 교실 앞쪽에 모여서 말뚝박기를 했다. 아이들이 웃고 떠드는 소리로 교실 안이 꽤 소란스러웠다.

"야, 시끄러워."

뒷자리에 앉아 있던 수가 버럭 소리를 질렀다. 수는 자리에서 벌떡 일어나 앞으로 성큼성큼 걸어 나갔다. 여자아이들은 수의 눈치를 보며 슬금슬금 자리로 돌아갔다. 보다 못한 남자아이들이 한마디씩 했다.

"왜 그래? 재밌게 노는데……."

"그러게 말이야. 점심시간에 노는 건데, 네가 무슨 상관이야?"

"해도 정말 너무하네."

남자아이들은 똘똘 뭉쳐서 수에게 대들었다.

수는 당황한 듯 잠시 머뭇거리다가 갑자기 책상을 걷어차고 의자를 집어 던졌다. 여자아이들이 놀라서 비명을 질렀다.

"너희들 조용히 못 해? 한 번만 더 까불면 죽을 줄 알아."

수는 분을 삭이지 못하고 으르렁거렸다. 교실 안이 찬물을 끼얹은 것처럼 순식간에 조용해졌다.

그날 마지막 시간이었다. 누가 말했는지, 선생님은 우리 모두 조용히 앉으라고 했다.

"수는 앞으로 나와."

선생님이 말하자, 수가 자리에서 일어났다. 수는 모든 걸 다 포기한 것처럼 조용히 앞으로 걸어 나갔다.

"친구들을 위협했다는 게 사실이야?"

수는 아무 말도 하지 않았다.

"네가 깡패 새끼야? 애들한테 사과해, 당장."

수가 여전히 대답하지 않자 선생님의 얼굴이 점점 붉게 상기되었다.

"빨리 말하지 못해!"

선생님이 더는 못 참겠다는 듯 빽 소리를 질렀다.

수는 고개를 옆으로 돌리고 선생님을 노려보았다.

"네가 노려보면 어떻게 할 건데? 불쌍해서 오냐오냐해 줬더니, 제멋대로야."

마지막 말은 선생님이 하지 말았어야 했다. 선생님을 노려보던 수가 갑자기 앞자리 아이 책상에 있던 미술용 조각칼을 들어 자기 손등을 그었다. 하얀 손등에서 새빨간 피가 뚝뚝 떨어졌다.

"너…… 이, 이게 뭐하는 짓이야?"

선생님이 몸을 부들부들 떨었다. 숨소리도 들리지 않을 만큼 교실 안에는 적막이 맴돌았다.

"바, 반장. 빨리 가서 3반 선생님 좀 모시고 와."

선생님은 더듬거리며 겨우 말을 했다.

"네."

반장이 놀라서 복도로 달려 나갔다.

선생님은 꼼짝 않고 서 있었다. 그리고 수도 한 손에 칼을 들고 그대로 서 있었다. 수의 손등에서 피가 계속해서 흘러 교실 바닥에 떨어졌다. 여자아이들은 울음을 터뜨렸다. 나는 수의 눈을 보았다. 사나운 수의 눈이 두려움으로 떨리고 있었다. 수의 눈을 보는 순간, 엄마 아빠가 싸울 때마다 벽에 머리를 들이받으며 울부짖던 지연이가 떠올랐다. 머리가 찢어져서 피가 나도, 지연이는 계속해서 벽에 머리를 찧었다.

나도 모르게 앞으로 걸어 나갔다. 수의 오른손에 쥐어진 칼을 빼앗아 선생님 책상 옆에 있는 쓰레기통에 던져 버렸다. 그러고는 책상 위에 있는 화장지를 뽑아서 수의 손등을 감쌌다. 화장지가 금세 빨갛게 물들었다.

"꾹 누르고 있어."

수가 놀라서 나를 바라보았다.

곧이어 3반 선생님이 교실로 달려왔다. 3반 선생님은 덩치가 좋은 남자 선생님이었다. 반장한테 대략 이야기를 들었는지, 차분하게 상황을 정리했다.

"반장, 선생님 모시고 교사 휴게실로 가라. 그리고 너희는 조용히 자습하고 있어."

3반 선생님은 나보고 수를 보건실에 데려다 주라고 했다. 보건실에 갈 때까지 수와 나는 한마디도 하지 않았다. 수는 말 잘 듣는 아이처럼 얌전히 내 뒤를 따라왔다. 나는 걸음을 멈추었다.

"다시는 그러지 마."

나는 수를 바라보며 간절한 눈빛으로 말했다. 그때 복도 바닥으로 떨어지는 눈물을 보았다. 수는 고개를 푹 숙인 채, 소리를 내지 않으려고 애쓰고 있었지만, 어깨가 심하게 흔들리고 있었다.

수의 손등에 난 흉터는 자세히 보지 않으면 모를 정도로 잘 아물어 있었다.

나는 수가 건넨 화장지를 받아서 코를 닦았다. 조금 지나니 피가 멎은 것 같았다.

"이제 괜찮아."

우리는 김밥집에서 나와 사람이 많이 다니지 않는 조용한 길을 찾아 걸었다.

"아까 하던 이야기 계속해 봐. 목공 일 하는 거 말이야."

내가 묻자, 수가 빙긋이 웃었다.

"나무는 따뜻해. 내가 만든 작품에 손을 대고 있으면 나무가 마치 숨을 쉬고 있는 것 같아. 따뜻한 숨결이 느껴져. 공장에서 찍어 내듯 만든 가구에서는 절대로 경험할 수 없는 느낌이야."

수가 나지막한 목소리로 말했다. 나는 수가 만든 가구가 숨을 쉬는 걸 상상해 보았다. 나도 느껴 보고 싶었다.

"나도 같이 가도 돼?"

"어디를?"

"삼촌이 하는 목공소 말이야. 안 돼?"

"상관은 없지만……."

수는 잠시 망설이다가 대답을 했다.

"좋아. 같이 가자. 좀 부끄럽기는 해도 내가 만든 작품도 보여 줄게."

수가 앞장을 섰고, 내가 조용히 그 뒤를 따랐다.

수는 한적한 주택가로 한참 걸어 들어가더니, 낡은 3층 건물 앞에서 멈춰 섰다. 목공소는 1층에 있었는데, 주차장을 개조해서 쓰는 것 같았다. 입구에 '수 목공소'라고 적힌 작은 나무 간판이 눈에 띄었다. 수의 얼굴이 빨개졌다.

"나는 싫다고 했는데, 우리 삼촌이 저렇게 지었어."

수는 묻지도 않은 말을 했다. 쑥스러워하는 모습이 낯설면서도 귀엽게 느껴졌다. 유리문을 열고 들어서자, 털이 까만 푸들 한 마리가 왈왈 짖으며 달려왔다.

"왈순이 이 녀석, 또 끈 풀고 탈출했구나."

수가 강아지를 번쩍 안으며 털을 쓰다듬었다. 강아지가 기분 좋은 듯 수의 손을 핥았다.

"강아지 이름이 왈순이야?"

"응. 만날 왈왈 짖어서 왈순이야. 버려져서 동네를 떠돌던 앤데, 불쌍해서 데리고 왔어. 얼마나 굶었는지 배가 홀쭉하더라. 장이 밖으로 나올 정도로 몸도 엉망이었어. 병원에 가서 치료받고, 지금은 많이 좋아진 거야. 그런데 아직 똥오줌을 못 가려. 눈치 없이 비싼 나무에 오줌을 싸거든. 그래서 줄을 매어 놓아야 해."

"수 왔냐?"

나무 문이 열리고 창고에서 무섭게 생긴 아저씨가 나왔다. 앞머리에 기름을 발라 뒤로 넘겨 묶은 아저씨는 누렇게 바랜 민소매에 개량 한복 바지를 입고 있었다. 아저씨 팔뚝에 새겨진 용 문신이 눈에 들어왔다.

"앤 뭐냐?"

아저씨의 짙은 눈썹이 꿈틀거렸다.

"친구……. 삼촌 인상 좀 펴. 애 놀라잖아."

수가 내 눈치를 보며 말했다.

"내 인상이 뭐 어때서 타박이야? 그리고 학원 끝났으면 일찍일찍 와야지. 이제껏 놀다 온 것도 모자라서 애인까지 달고 오냐?"

"친구라니까……."

수가 볼멘소리로 말했다.

"난 그냥 농담한 건데, 왜 얼굴이 빨개지냐? 너 귀까지 빨개졌어."

아저씨는 재밌다는 듯 수를 놀려 댔다.

"학생, 커피 마실래? 그런데 여기는 믹스밖에 없어."

"괜찮아요. 커피믹스 좋아해요."

"커피 마실 줄 아네. 달짝지근한 믹스가 최고지!"

아저씨가 커피 물을 끓이는 동안 수는 자기가 만든 가구를 보여 주겠다며 목공소 구석으로 안내했다.

"우리 삼촌, 보기에는 좀 무섭게 생겼어도 마음은 따뜻해. 엄마 아빠도 버린 나를 데려다가 지금까지 키워 주셨어. 나 때문에 삼촌이 맘고생이 많았지."

수가 쓸쓸하게 웃었다. 예전에 주영이가 했던 말이 떠올랐다. 학교 앞에서 수를 기다렸다는 조폭 아저씨가 삼촌이었나 보다. 외모만 보면 아이들이 충분히 그런 상상을 했을 것 같다.

그 사건이 있은 뒤, 수는 학교에 나오지 않았다. 아이들은 수가 다른 학교로 전학을 갔다는 둥, 퇴학을 맞았다는 둥 수군거렸다. 그러나 며칠 뒤, 수가 다시 교실에 나타나자 제각기 떠들던 아이들이 입을 다물었다. 그 뒤로 수는 아이들이 노는 걸 방해하지도 않고, 괜히 시비를 걸지도 않았다. 선생님은 수가 책상에 엎드려 있든, 수업에 들어오든 말든 상관하지 않는 듯 보였다. 선생님도 아이들도 수를 마치 투명 인간처럼 대했다. 6학년 남은 학기가 그렇게 조용히 지나갔다. 그리고 중학생이 되었다.

반 아이들 대부분이 집 근처에 있는 중학교에 입학했지만, 나는 엄마가 원하는 사립 중학교에 들어갔다. 중학교에 입학하고 나서도 전에 다니던 영어 학원에 다녔다. 가끔 매점 앞에서 주영이와 마주쳤는데, 주영이는 만날 때마다 6학년 때 반 아이들 소식을 전해 주었다. 대부분 누가 누구와 사귄다는 시시콜콜한 연애 이야기였다.

"참, 너 소식 들었어?"

"무슨 소식?"

"프랑켄슈타인 말이야. 얼마 전에 학교 때려치웠어."

"왜?"

나는 우유를 마시다가 놀라서 옷에 흘리고 말았다.

"같은 반 남자아이와 싸움이 붙었는데, 프랑켄슈타인이 엄청나게 두들겨 맞았나 봐. 근데 어이없게도 수를 때린 애가 일진도 아니고 진짜 평범한 애였대. 우린 걔가 정말 대단한 줄 알고 엄청 쫄았었잖아. 프랑켄슈타인 그러고 자퇴했대. 저도 엄청 쪽팔렸겠지."

몇 개월 뒤, 나는 중학교 근처로 학원을 옮겼다. 그리고 수의 소식도 더 들을 수가 없었다.

"내가 만든 책상이야."

목공소 구석에 있는 책상을 가리키며 수가 말했다. 작은 책상은 은은한 갈색빛을 띠고 있었는데, 한눈에 봐도 공을 많이 들인 작품 같았다.

"자작나무로 만든 거야. 나무 이름이 왜 자작나무인 줄 알아?"

"글쎄 잘 모르겠는데."

나는 고개를 가로저었다.

"나무가 탈 때, 자작자작 소리가 나서 자작나무래."

"에이, 설마."

"그렇다니깐."

수가 웃으며 말을 이었다.

"자작나무는 단단하고 튼튼해. 추운 지역에서 자라서 단단해진 것 같아. 추위와 싸우느라 말이야. 봐, 나뭇결이 그대로 살아 있지? 나무가 숨을 쉴 수 있도록 천연 염색제를 발랐어. 한번 만져 봐."

나는 수가 시키는 대로 책상에 손을 대 보았다. 눈을 감고 손끝으로 나무가 숨 쉬는 걸 느껴 보았다. 수가 왜 따뜻한 숨결이라고 표현했는지 알 것 같았다.

"커피 다 됐습니다."

아저씨 목소리에 놀라서 눈을 떴다. 아저씨 손에 머그잔 두 개가 들려 있었다. 아저씨는 머그잔 하나를 나에게 건넸고, 다른 하나는 수에게 건넸다.

"아저씨는요?"

"난 아까 많이 마셨어. 둘이 놀고 있어라. 난 나가서 일 좀 보고 올게."

"어디 가는데?"

수가 물었다.

"어디 가긴, 수금하러 가지. 막걸릿집 김 사장, 그 자식이 한참 바쁠 때 데려다가 실컷 부려 먹더니, 돈 줄 생각을 안 하네. 돈 안 주면 술이라도 얻어먹고 와야겠다."

"또 낮술이야?"

"짜식, 잔소리는. 걱정 마, 조금만 먹고 올게. 참, 왈순이 꼭 묶어 놔. 한 번만 더 비싼 나무에 똥 싸면 확 내쫓아 버릴 거다."

아저씨가 말을 마치자마자, 왈순이가 아저씨를 향해 왈왈 짖었다.

"머리도 나쁜 녀석이 지 흉볼 때는 다 알아듣네. 이 자식 똥 싸고 오줌 쌀 때만 일부러 머리 나쁜 척하는 거 아니야?"

아저씨가 허허 웃었다. 아저씨가 나가자 수는 왈순이 머리를 쓰다듬었다.

"왈순아, 들었지? 너 절대 나무에 똥 싸면 안 돼. 알겠지?"

왈순이가 알겠다는 듯, 왈왈왈 짖어 댔다.

"왈순이 귀엽다."

"그치?"

수가 밝게 웃었다. 나는 커피를 마셨다. 목공소에서 나는 나무 냄새와 커피 향이 어우러져 더 깊고 좋은 냄새가 났다.

"그런데 너 무슨 학원 다녀? 아까 아저씨가 말하던데."

"사실은……, 나 중학교 때 학교 그만뒀어. 얼마 전부터 검정고시 학원 다니고 있어."

나는 고개를 끄덕였다. 내 반응에 수가 놀란 듯 나를 바라보았다.

"나 학교 그만둔 거 알고 있었어?"

"응."

내 대답에 수는 잠시 망설이다 다시 입을 열었다.

"나, 사실은 어릴 때 겁이 많았어. 그런데 아이들이 나를 더 무서워하는 것 같았어. 내 얼굴에 난 화상 자국 때문이라는 걸 알게 되었지. 처음에는 아이들을 겁주는 게 재미있었어. 놀림받는 것보다 그편이 나았으니깐. 그런데 어느 순간부터 화가 나더라. 아이들이 나를 괴물 보듯 하는 게 싫었어. 나도 아이들하고 어울려 놀고 싶은데, 아무도 나를 놀이에 끼워 주지 않더라고. 그때부터 정말 괴물이 되어 가는 것 같았어. 나도 그만두고 싶었지만 멈출 수가 없었어. 네가 그만하라고 말하기 전까지는 말이야……."

수는 입이 마른 듯 커피를 한 모금 마셨다.

"중학교 때 어떤 녀석이랑 한판 붙은 적이 있었어. 덩치도 나보다 작고, 평범한 녀석이었는데, 그 녀석은 나를 무서워하지 않더라고. 나를 무서워하지 않던 사람은 너 빼고 그 녀석이 처음이었던 것 같아. 그 녀석한테 두들겨 맞는데, 아픈 것보다 속이 다 후련했어. 실컷 싸우고 나서 결국 그 녀석하고 친구가 되었어. 웃기지?"

"아니……."

나는 궁금한 걸 다시 물었다.

"그런데 왜 학교는 그만둔 거야?"

"일진 선배들 때문에. 자기네 조직에 들어오라고 매일 괴롭혔

거든. 거기에 들어가서 다시 괴물 역할을 하고 싶지는 않았어."

"그랬구나……."

예전에 수는 무서운 가면을 쓰고 있었다. 가면 뒤에 숨어서 자기와 어울리지 않는 역할을 하고 있었던 거다. 나도 나에게 어울리지 않는 가면을 쓰고 살아온 건 아닐까……. 다른 사람들이 나에게 만들어 준 가면, 그 모습이 진짜 나라고 착각하며 살았던 건 아닐까…….

"하지만 어느 쪽도 편하지 않았어. 학교를 다니는 것도, 그만두고 혼자 방황하는 시간도 말이야. 삼촌은 목공 일이 많이 험하다며 내가 목수가 되는 걸 반대했어. 하지만 어쩌겠어. 나무를 만지면 마음이 편해지는걸. 앞으로 목공 가르치는 학교에 들어가서 제대로 일을 배워 보려고. 삼촌을 따라 집 짓는 걸 배우러 다녔는데, 거기서 알게 된 분이 그 학교 선생님이야. 나보고 실력이 괜찮다고 자기 제자로 들어오라고 하더라고."

수가 쑥스러운 듯 머리를 긁적거렸다.

"학교에 돌아가는 게 두렵지 않아?"

"두려워. 하지만 시작이 거기라면 다시 부딪쳐 보려고."

수의 말을 듣는 순간 내가 다시 시작해야 하는 곳은 어딘지 궁금해졌다.

"나 자작나무 숲에 가고 싶어."

"갑자기 자작나무 숲에는 왜?"

수가 물었다.

"한 번도 본 적이 없거든. 내 눈으로 직접 보고 싶어."

"그래, 같이 가자."

수가 나를 보며 환하게 웃었다. 순간, 눈앞으로 하얀 자작나무 숲이 펼쳐지는 것 같았다. 차가운 바람과 싸우며 넓은 벌판에 곧게 뻗어 있는 자작나무.

어느덧 나는 수와 함께 자작나무 숲을 거닐고 있었다.

이 제 미 … 미래의 남편

한 시간 더 공부하면 신랑 얼굴이 바뀐다고, 공부 안 하면 필리핀 여자랑 살아야 한다고 '말'로 겁을 주던 시대가 있었다. 2000년대 초반이었을 것이다. 그러나 지금은 모든 걸 직접 경험하는 시대였다. 타임머신 발명에 성공했기 때문이다.

이번에 학교에 새로 들어온 기계가 가정 시간에 한 사람씩 미래의 남편을 만날 기회를 준다는 소문이 돌았다. 일단 소문이 돌기 시작하자 어느 반을 가도 그 얘기였다. 나는 친구들 무리에 끼어들었다가 또 미래의 남편 얘기가 시작되자 바로 자리로 돌아왔다. 그 지겨운 얘기를 또 듣느니 돈 버는 법에 관한 실용서를 한 자라도 더 읽는 편이 낫다.

어릴 적부터 유난히 돈에 관심이 많았던 나는 흥미 있는 회사의 대차대조표를 분석하는 것이 취미였다. 대차대조표를 가만히 보고 있으면 그 회사의 실질적인 자금이 얼마나 되는지도 파악할 수 있었고 회사가 마치 내 것인 양 만족감을 느낄 수도 있었다. 여름방학이 되면 나는 여의도에 있는 이모 집으로 놀러 가 상장을 앞둔 회사들의 기업 설명회에 참석하는 것으로 하루하루를 보냈다. 기업 설명회에 가면 손톱깎이와 수건, 만년필 따위를 선물로 주었다.

나는 결혼하지 않겠다고 생각하는 부류였다. 내 부모는 늘 사이가 좋지 않다가 내가 초등학교 6학년 때 이혼했다. 그 후 아버지는 재혼했고 엄마는 혼자 나를 키우며 주식 투자며 부동산 투기, 고수익 펀드의 세계에 빠져들었다. 엄마는 남자 없이도 멋지게 사는 여자였다. 부자들이 단골로 있는 옷 가게를 운영하면서 주말이면 숍마스터와 함께 테니스를 치고 원어민 영어 회화 학원에 다녔다. 나는 경제 신문을 스크랩하고 뉴욕타임스를 더듬거리며 읽는 엄마를 보며 자란 여학생이었다.

2교시 수업이 끝나고 쉬는 시간이 되자 옆 짝이 다가와 누군가 나를 찾아왔다고 말했다. 나는 수업 내용을 복습하려다 말고 뒷문 쪽을 쳐다보았다. 뒷문에 경하가 서서 나를 보고 있었다.

경하는 나보다 한 학년 아래인 1학년 후배였다. 두 달 전 경하는 내가 자신이 좋아하는 일본 에로 배우 나카무라 나미에를 닮았다는 소문을 듣고는 우리 반을 찾아왔었다. 그리고 나를 보자마자 이렇게 내뱉었다. 뭐야? 닮았다고 한 녀석 죽여 버린다. 그는 나카무라 나미에를 모욕한 녀석들을 혼내 주겠다며 씩씩댔다. 어이가 없었다. 내가 소문을 낸 것도 아닌데 반 아이들이 보는 앞에서 날 망신 준 경하가 짜증 나 견딜 수가 없었다. 하지만 경하는 그 뒤로도 계속 우리 반을 찾아와 나를 염탐하다 돌아가곤 했다. 자기 동아리 선배들에게 축제 관련 소식을 전하러 온 척하면서 계속 나를 주시하다 가는 식이었다. 그리고 저번 달부터는 노골적으로 내게 '일본 영화 같이 보기' 동아리에 들어오라고 수작을 걸고 있었다. 나는 일본 영화도 싫고 나카무라 나미에 닮았다는 소리도 싫고 경하는 더더욱 싫었다.

나는 경하를 향해 중지를 치켜들었다. 하지만 경하는 기가 죽기는커녕, 나카무라 나미에가 다리를 활짝 벌리고 찍은 포스터를 흔들며 우리 반 여학생들의 시선을 끌었다. 녀석은 그런 걸 즐기고 있는 게 틀림없었다. 그리고 내가 참다 못해 결국은 자기를 만나러 복도로 나올 거라는 사실도 잘 알고 있었다. 나는 책상 위에 엎드려 머리를 감싸 쥐었다. 옆자리 짝이 나를 위로했다.

"그러지 말고 그냥 한번 만나 주지그래? 그래도 재 여자애들한테 꽤 인기 많아."

나는 고개를 번쩍 들고 짝에게 말했다.

"미쳤어? 재랑 사귀면, 잰 날 데리고 야한 영화 찍으려고 들걸? 자기 꿈이 에로 영화 감독이래."

"그래도 혹시 알아? 네 미래의 남편이 경하일지?"

나는 대꾸하지 않고 짝의 목을 마구 졸라 댔다.

가정 시간, 우리는 실습실로 갔다. 그 기계는 몸집이 컸다. 커다란 화면에 여러 개의 버튼, 그리고 치과 의자와 비슷한 의자가 놓여 있었다. 출석 번호가 불린 예은이 의자로 가 누웠다.

"너희가 어떤 생각을 하고 사는지는 미래의 남편을 보면 알 수 있지. 머릿속에 뭣들이 들었는지 한번 꺼내 볼까? 김유진 넌 뭐가 그렇게 좋아서 웃어? 자, 떠들지 말고! 미래의 남편이 영 아닌 사람들은 '결혼과 남녀 관계' 과목을 재수강해야 한다. 열심히 가르쳐 놨더니 이상한 놈들 만난 너희 선배들 짝 나지 말란 말이다."

의자에 누워 있던 예은이 가정 선생에게 물었다.

"선생님도 해 보셨어요?"

가정 선생은 대꾸하지 않고 버튼을 눌렀다. 예은은 다시 묻지 않고 눈을 질끈 감았다.

미래 체험을 끝낸 예은은 의자에서 몸을 일으켰다. 얼굴은 짜증으로 가득했고 창백하기까지 했다. 예은이 자리로 돌아오자 서너 명의 친구들이 그녀를 위로했다. 예은은 이렇게 말했다.

"괜찮아. 지금부터 공부를 열심히 하면 저런 남자 안 만날 수 있을 테니까."

나는 가끔 의심이 들 때가 있었다. 화면에 나오는 저 상황이 진짜 미래일까. 누군가 뒤에서 조작하는 건 아닐까. 그런 생각을 하고 있는데 가정 선생이 내 출석 번호를 불렀다. 나는 지시대로 의자에 올라가 누웠다. 선생이 내 관자놀이에 뇌파 측정기를 붙이고 버튼을 눌렀다. 학생들이 웅성거리는 소리가 점점 아득해지면서 나는 순식간에 미래로 빨려 들어갔다.

10층 정도 높이의 아파트였다. 나는 한눈에도 비싸 보이는 갈색 가죽 소파에 앉아 있었고 텔레비전에서는 뉴스가 흘러나왔다. 낯선 장소에 와 있다는 생각 때문에 어깨가 굳고 심장박동이 빨라졌지만 협탁 위에 놓인 액자 속 내 사진을 발견하고는 기분이 조금 나아졌다. 그래, 여긴 이십 년 후의 내가 사는 집이야. 나는 식탁 위에 놓인 신문을 발견했다. 뉴욕타임스였다. 엄마랑 똑같아졌군. 나는 재빨리 날짜를 보았다. 2055년 10월 3일! 다행히 오늘은 일요일이었다. 모처럼 미래로 시간 여행을 왔는데 정신없이 일만 하다 돌아가고 싶진 않았다. 나보다 앞서 시간 여행을 한 친구들 중 몇 명이 운 나쁘게도 그런 경우였다. 최악이었던 애는 임신 10개월째인 미래로 떨어져 세 시간 동안 거동도 제대로 못하고 앉아만 있다가 돌아왔었다.

나는 무슨 일을 하고 있을까. 안방으로 들어갔다. 큼지막한 침대와 화장대, 옷장이 있을 뿐 내 직업을 추측할 만한 물건들은 보이지 않았다. 나는 안방을 나와 작은방으로 들어갔다. 그곳은 작업실 겸 서재였다. 책꽂이에는 서점을 방불케 할 만큼 많은 양의 책들이 꽂혀 있었다. 남편이 책을 좋아하는 사람인 모양이었다. 나는 책들을 둘러보다가 여러 권의 장부책을 발견하고는 내가 회사를 운영하는 경영자가 되었다는 사실을 알아차렸다. 선생님과 친구들이 화면을 통해 이 모습을 보고 있으리라고 생각하니 어깨가 으쓱해졌다. 가정 선생은 내 미래의 직업이 뭐고 경제 수준은 어떤지 학생들에게 설명해 주고 있을 것이었다. 나는 책상 위의 일정표에서 오늘의 스케줄을 확인했다. 10월 3일 일요일, 3시에 공항 마중. 누가 귀국하나?

그때 초인종이 울렸다. 나는 천천히 현관으로 가 방문객의 신원을 물었다.

"나야."

나는 미심쩍어하며 다시 한번 물었다.

"당신?"

"그래."

나는 조심스럽게 현관문을 열어 주었다. 안경을 쓴 부드러운 인상의 남자가 거기에 서 있었다. 남자는 웃으며, 손에 든 비닐 봉지를 건넸다.

"이게…… 뭐예요?"

"딸기 먹고 싶다며. 기껏 이 빗속을 뚫고 나가서 사 왔더니."

정말로 남자의 머리와 셔츠는 약간 젖어 있었다. 베란다 창문을 보니 하늘은 가늘게 비를 뿌리고 있었다.

"고마워요."

나는 얼떨떨해하며 딸기 봉지를 들고 개수대 쪽으로 갔다. 남자는 아주 자연스럽게 셔츠를 벗어 세탁기 속에 집어넣고 돌렸다. 그리고 러닝 차림으로 욕실로 들어갔다. 그는 뉴욕타임스를 읽을 줄 알았다. 나는 딸기를 씻으며 정말 저 사람이 내 남편이 맞을까 계속 생각했다. 그러나 다 씻은 딸기를 쟁반에 받쳐 식탁 위에 내려놓았을 때 의심은 싹 달아나 버렸다. 식탁 위에 놓인 사진 액자 속에서 남자와 내가 어깨동무를 한 채 다정하게 웃고 있었기 때문이었다. 배경이 이국적인 바닷가인 걸 보면 신혼여행 가서 찍은 사진 같았다. 나는 좀 더 자연스럽게 행동하기로 마음먹었다. 우리는 부부가 아닌가. 나는 욕실에 있는 남편을 불렀다.

"뭐 해? 딸기 먹어."

알겠다는 대답이 들려왔다. 잠시 후 남편이 욕실에서 나왔다.

"공항 도착이 몇 시랬지?"

그가 자리에 앉으며 물었다. 그에게서 산뜻한 애프터 셰이브의 향기가 났다.

"공항?"

나는 조금 전 일정표에서 본 메모를 떠올렸다. 3시에 공항 마중. 나는 자신 없는 말투로 3시라고 대답했다. 그러자 남편의 표정이 한층 어두워졌다. 나는 이유를 몰라 불안했다. 대체 3시에 누가 귀국하기에 저럴까. 그러나 직접 물어볼 수도 없는 노릇이었다. 나는 은근슬쩍 우회해서 묻기로 했다.

"다, 당신도 같이 갈래?"

딸기를 집으려던 그의 손이 멈칫했다. 실수를 한 건가 싶어 가슴을 졸이며 그를 쳐다보았다. 그러자 남편이 슬픈 얼굴로 애써 웃으며 고개를 저었다. 그러고는 큰 딸기를 하나 집어 내 입에 억지로 밀어 넣었다. 나는 딸기를 우물거리며 그를 힐긋거렸다. 그는 딸기를 다 먹을 때까지 아무 말도 하지 않았다. 나는 벽시계를 올려다보았다. 아직 11시 반이었다. 공항까지 가기 전에 나는 현재로 돌아갈 것이었다.

그는 원두를 갈아 커피를 내리기 시작했다. 나는 소파에 앉아 텔레비전을 보았다. 눈은 텔레비전을 보고 있었지만 속으로는 다른 생각을 했다. 나쁘진 않은데? 내가 먹고 싶다니까 비 오는데 딸기도 사다 주고 커피도 끓여 주고, 게다가 얼굴도 저 정도면 나쁘지 않잖아. 나는 흐뭇한 기분으로 남편의 뒷모습을 쳐다보았다. 거기다가 날 대할 때 사랑이 느껴져. 기분이 좀 이상하긴 하지만 말야.

곧 남편이 진한 향이 풍기는 커피를 내게 건넸다. 나는 고맙다고 말하고는 커피를 한 모금 마셨다. 그 커피를 마시자마자 나는 완전히 사랑에 빠지고 말았다. 커피 맛은 최고였다. 사람의 마음마저 사로잡는 수준이었다. 커피가 아니라 그의 영혼을 마신 것 같은 기분이었다. 향기롭고 섬세하고 깊은 영혼. 나는 이 낯설고 급격한 감정의 변화에 적잖이 놀랐다. 세상이 부드럽고 아프고 감미로운 공기에 휩싸인 것처럼 느껴졌다.

"맛있다."

나는 그를 바라보며 커피를 한 모금 더 마셨다. 그는 아까처럼 슬픈 미소를 지었다. 내가 무슨 일이 있냐고 물으려는 찰나, 그가 식탁에 놓인 우리의 사진 액자를 집어 들며 말했다.

"이건 내가 가져갈게. 괜찮지?"

나는 커피 잔을 테이블 위에 내려놓았다.

"어디로?"

그는 잠시 사진을 들여다보다가 나를 보지 않은 채 말했다.

"사무실 내 책상 서랍에 둘 거야."

나는 그의 말을 이해하지 못했다. 잠시 후 그가 욕실로 들어가 자신의 칫솔과 화장품, 전기면도기 등을 들고 나왔다. 그는 그것들을 쇼핑백 안에 집어넣었다. 나는 그의 행동을 물끄러미 지켜보다가 더는 궁금증을 참지 못하고 물었다.

"근데 어디 가?"

그는 내 얼굴을 빤히 바라보다가 대답하지 않고 다시 짐을 꾸렸다. 나는 손을 뻗어 그의 팔을 잡았다. 그가 미묘한 감정의 변화를 겪는가 싶더니 나를 감싸 안고 등을 부드럽게 쓸어내렸다. 그가 어디론가 떠나려 하고 있다는 느낌이 들었다.

나는 엄마와 떨어지게 된 다섯 살짜리 어린애가 된 기분이었다. 울고 싶었다. 그의 체취가 콧속으로 들어왔다. 나는 고개를 숙여 그의 체취를 더 깊이 들이마셨다. 그가 내 머리카락 속으로 손을 넣어 천천히 쓸어내렸다.

"어디 가는지는 모르지만 안 가면 안 돼?"

어차피 세 시간 후면 현재로 돌아가는데, 나는 하고 싶은 말을 다 해 버리고 싶었다. 그러자 그가 머리카락을 쓸어내리던 동작을 멈추고 거리를 둔 채 내 얼굴을 바라보았다. 그리고 떨리는 음성으로 물었다.

"나 따라올래? 그 사람이랑 헤어지고?"

순간 그를 잡고 있던 내 손에 힘이 빠지는 것을 느꼈다. 머릿속이 새하얗게 변했다. 나는 애써 정신을 가다듬으며 말했다.

"그게…… 무슨 소리야? 그 사람이랑 헤어지라니, 누구?"

내가 남편으로 믿고 있던 남자가 매달리듯 나를 더욱 꽉 껴안았다.

"그러자. 우리 그러자. 나 많이 부족하지만 더 잘할게. 당신 결정 후회하지 않게 해 줄게. 당신도 날 사랑하잖아. 응? 오늘 공항에 같이 나가서 당신 남편한테 말하자."

나는 재빨리 그에게서 몸을 떼었다. 그가 안타까운 얼굴로 나를 바라보았다. 눈가가 축축하게 젖어 있었다. 의심할 나위도 없이 그는 내 정부(情夫)였다. 순간 나는 그가 나약하고 별 볼 일 없는 인간처럼 느껴졌다. 그의 모든 매력이 순식간에 퇴색해 버렸다. 이 남자는 내 사회적 지위나 돈을 노리고 이렇게 매달리는지도 몰랐다.

나는 충격이 가시지 않은 채로 천천히 소파로 가 앉았다. 내 속을 모르는 남자는 옆자리에 와서 내 손을 자신의 손 위에 포갰다. 나는 그의 손을 놓으며 잠시 혼자 있고 싶다고 말했다. 남자는 아무 말도 하지 않았다. 나는 서재로 들어가 방문을 잠갔다.

나는 정신없이 책상과 책장을 훑어 앨범을 찾았다. 앨범을 꺼내 펼치자 고등학생 때와 대학생 때의 나, 그리고 결혼식 준비를 하며 찍은 듯한 사진들이 있었다. 내가 남편의 등 뒤에서 그의 목에 매달린 채 행복하게 웃는 사진이었다. 남편은 선한 인상의 남자였다. 거의 모든 사진들에서 남편은 나와 함께 행복한 얼굴로 웃고 있었다. 대체 뭐가 부족했을까. 나는 미래의 나 자신을 경멸했다. 이것으로 가정 점수는 최하점을 받고 '결혼과 남녀 관계'를 재수강해야 하는 것이 확실해졌다.

나는 불안하게 방 안을 서성거리다가 컴퓨터를 켰다. 이메일의 받은 편지함을 열자 내게 온 영상 메일들이 차례로 있었다. 거의가 한 사람에게서 온 것들이었다. 나는 그중 가장 최근의 영상 메일을 열어 보았다.

앨범 속에 있던 남자의 얼굴이 화면에 떠올랐다. 트렌치코트 차림의 남편은 주먹으로 마이크를 만들어 마치 뉴스의 특파원처럼 현지 상황을 보도하기 시작했다. 그의 뒤로는 센 강이 흐르고 있었다.

"아, 아, 안녕하십니까? 저는 현재 프랑스에 나와 있는 임대영 기잡니다. 마누라님 오늘도 얼마나 고단한 하루를 보내셨습니까."

그는 쑥스러운 듯 웃음을 터뜨리더니 강물을 한 번 보고 다시 카메라를 보았다.

"나는 바이어들 만나고 지금 센 강에 와 있어. 나 좀 취했나? 아냐. 안 취했어, 하나도. 당신이 오늘따라 많이 보고 싶다. 이제 일주일 후면 보는데 왜 이렇게 시간이 안 가는 것 같지? 역시 부부는 떨어져 있으면 안 되는 건가 봐. 저쪽에 근사한 단골 카페가 하나 있는데 갈 때마다 당신 생각이 나. 아니, 당신 생각이 날 때마다 가서 그런가? 카페 주인도 당신을 알아. 내가 아주 멋있는 여자라고 소개해 놨거든. 나 잘했지? 에휴, 저쪽에서 애들이 쳐다본다. 나 정말 안 취했어. 잘 자. 사랑해!"

남편은 구석 쪽으로 가서 카메라에 대고 키스를 날렸다. 다른 영상 메일들도 열어 보았다. 남편은 집에서, 그리고 회사 엘리베이터에서, 공원에서, 수영장에서 내게 자신의 안부를 전하고 또 내 안부를 묻고 있었다. 이제 몇 시간 후면 나를 이토록 그리워하는 남편과 만나는 것이었다. 그리고 나는 남편이 오기 전에 이 집 안에 있는 그 남자의 물건들을 모조리 치워 놓아야 했다.

나는 서재 문을 열고 밖으로 나왔다. 그 남자는 식탁 의자에 고개를 숙인 채 앉아 있다가 내가 나오자 자리에서 벌떡 일어났다. 나는 그가 내게 가까이 다가올까 봐 겁이 났다.

"잠깐 산책하고 올까?"

나는 억지로 미소를 지어 보이며 말했다. 남자는 아무 말 없이 나를 따라나섰다.

나는 사람들이 다니는 공원의 벤치에 앉았다. 이웃 주민들이 볼 가능성이 있었지만 지금 내겐 거기까지 생각할 여력이 없었다. 그저 이 남자를 부드럽게 떼어 내야겠다는 생각뿐이었다. 미래의 내가 벌여 놓은 일을 현재의 내가 수습해야 했다. 직접 눈으로 확인한 이상 이대로 놔두고 돌아가고 싶지는 않았다.

"음료수 뽑아 올까?"

남자가 말했다. 나는 고개를 끄덕였다가, 다시 아니라고 말했다. 남자가 다시 벤치에 앉자 나는 천천히 입을 떼었다.

"저, 말이야."

남자가 벌떡 일어났다. 나는 놀란 눈으로 그를 올려다보았다. 그가 말했다.

"아무래도 목이 말라서 안 되겠어. 잠깐 다녀올게."

그는 내 얼굴을 외면한 채 천천히 자판기 쪽으로 걸어갔다. 나는 입술을 깨물고는 그에게 고할 이별의 말을 궁리하기 시작했다. 너무 약하지도 그렇다고 너무 충격적이지도 않은 이별의 말은 뭐가 있을까. 괜히 상처를 주는 말을 했다가는 그가 앙심을 품고 내 남편이 돌아왔을 때 엉뚱한 짓을 할 수도 있다. 그동안 고마웠어. 좋은 여자 만날 거야. 나 같은 나쁜 여자는 빨리 잊어. 그 정도가 좋겠다. 나는 심호흡을 한 뒤 공원을 둘러보았다. 일요일을 맞아 배드민턴을 치러 나온 가족들, 산책을 하는 젊은 부부의 모습이 보였다.

음료수를 뽑는 데 시간이 너무 오래 걸리는 것 같았다. 나는 고개를 돌려 자판기가 있는 쪽을 쳐다보았다. 그런데 남자의 모습이 보이지 않았다. 나는 주위를 두리번거리며 남자를 찾았다. 그러나 그는 공원 어디에도 보이지 않았다. 혹시 집으로 갔을지도 모른다는 생각에 아파트로 돌아갔다. 그러나 그는 집 안에도 없었다. 나는 소파에 앉아 잠시 생각하다가 가방에서 휴대전화를 꺼내 연락처를 열었다. 친구들과 직장 동료, 그리고 엄마의 전화번호가 입력되어 있었다. 아무에게도 지금 내가 처한 상황을 털어놓고 조언을 구할 수 없을 것 같았다. 나는 이름 옆에 하트가 찍혀 있는 남자의 전화번호를 유심히 들여다보았다. 아무래도 이게 그 남자의 전화번호인 것 같았다. 그 번호로 전화를 걸었다. 나는 상대가 전화를 받자마자 지금 어디에 있는 거냐고 물었다. 그러자 남자가 당연한 걸 묻느냐는 듯 대답했다.

"지금? 부모님 보러 왔는데."

나는 기가 막혀 다시 물었다.

"지금 장난해? 나 당신한테 오늘 꼭 해야 할 말이 있단 말야. 지금 당장 집 앞으로 와."

그러자 남자가 갑자기 웃음을 터뜨렸다. 그러고는 보채는 아이를 달래듯 말했다.

"어유, 내가 그렇게 보고 싶어? 알았어. 두 시간 안으로 갈 테니까 쫌만 기다려, 우리 애기."

나는 무슨 헛소리를 하는 거냐고 따지고 들려다가 문득 상대방의 목소리가 그 남자와 좀 다르다는 사실을 알아차렸다. 나는 수화기를 바꿔 들었다. 목소리가 떨렸다.

"당신…… 부모님 집?"

"야, 부산 땅값 진짜 많이 올랐다? 자기도 알지?"

나는 마른침을 삼키며 확인 사살에 들어갔다.

"당신 오늘 집에 온 적 없지?"

남자의 목소리가 수화기에서 멀어졌다.

"메리, 이거 놔! 안 놔? 아이 아파. 어, 미안. 뭐라 그랬지?"

"……당신 오늘 나 본 적 한 번도 없지?"

"아침에 눈 뜨면 당신 사진 가장 먼저 본다."

"이거 하나만 대답해 줘. 내가 당신이랑 무슨 사이야?"

잠시 침묵이 흘렀다. 남자가 말했다.

"왜 그래? 내가 일요일인데 데이트 안 하고 고향에 내려와서 화났어?"

나는 세게 고개를 저었다.

"묻는 말에나 대답해 줘. 내가 당신이랑 어떤 사이지?"

"……화 많이 났구나. 난 당신 남편 귀국 날이라고 해서 못 만날 거라 생각했지. 알았어, 지금 당장 올라갈게. 교외로 나가서 맑은 공기나 쐬고 오자. 나한텐 당신이 가장 중요하단 거 알잖아.

어어, 야, 메리 너 저리 안 갈래!"

나는 전화를 끊었다. 그리고 연락처를 미친 듯이 뒤졌다. 또 이름 옆에 하트가 붙어 있는 전화번호가 있는지 확인하기 위해서였다. 그때, 기억이 날아가듯 정신이 아득해졌다. 뇌가 녹아내린다면 바로 이런 기분일 것 같았다.

천천히 눈을 떴다. 회색빛 천장과 가정 선생의 얼굴이 보였다. 가정 선생은 내게 이제 그만 일어나라고 퉁명스럽게 말했다. 몇몇 아이들이 참지 못하고 웃음을 터뜨렸다.

가정 선생이 컵에 물을 따라 내게 마시게 했다. 그러고는 학생들에게 말했다.

"여러분은 현재의 자신의 사고방식이 나중에 어떤 미래를 가져오는지 보고 있어요. 웃지 말고! 박민정 학생 맞나?"

선생이 출석부를 보며 내게 물었다. 나는 고개를 끄덕였다.

"이렇게 남자를 사귈 마음이 전혀 없는 학생의 경우 나중에 연애 한번 못 해 보고 결혼하기 쉽지요. 그러고 나서 늦바람이 나는 거고."

나는 등에 식은땀이 흐르는 것을 느꼈다. 골이 띵했다. 가정 선생은 못마땅한 표정으로 말을 이었다.

"학생은 2학기 첫 수업 전까지 '결혼과 남녀 관계' 과목을 재수강하고 남자친구를 사귄 다음 나한테 프로필을 제출하세요."

나는 대답하지 않고 멍하게 서 있었다. 그러고는 자리로 돌아가려다 말고 다급히 말했다.

"남자는 세 사람이 전부인가요? 또 있는 거 아니에요?"

"나도 그게 궁금해요."

가정 선생은 다음 사람을 외쳤다. 나는 자리로 돌아가 남자의 팔을 붙잡았던 내 손을 내려다보았다.

여름방학 끝 무렵, 나는 수업을 마치고 책가방을 멘 채 동아리방 문 앞에 서서 한숨을 내쉬었다. 방문에는 '일본 영화 같이 보기'라는 팻말이 붙어 있었다. 정말 이러기 싫었지만 다른 방법이 없었다. '결혼과 남녀 관계' 과목에서 낙제하면 과목 평균 점수가 왕창 깎여 나가고 말 것이었다. 다른 아이들은 그 과목이 무척 손쉽다 생각하겠지만 내겐 의도적인 노력이 필요한 과목이었다. 문을 똑똑 두들기자 누군가 문을 열고 고개를 내밀었다. 경하였다. 놀라서 눈이 휘둥그레진 경하를 밀치고 나는 안으로 들어갔다. 그리고 책가방을 소파 위에 털썩 내려놓으며 말했다.

"가입하러 왔어."

"만우절도 아닌데 설마 농담하는 건 아니겠지?"

경하는 갑작스럽게 변한 내 태도에 적잖이 당황한 것 같았다. 나는 동아리방 벽에 붙어 있는 온갖 에로 배우들의 사진을 휘 둘러보았다. 갑자기 그 방에서 도망치고 싶은 충동이 치솟았다. 하지만 그럴 순 없었다. 가정 선생에게 다음 주까지 경하의 프로필을 제출해야 했으니까.

나는 모니터를 빤히 노려보다가 말했다.

"영화 안 볼 거야?"

경하는 허둥지둥 텔레비전을 향해 리모컨을 쏘았다. 그러자 화면 한가득, 나카무라 나미에의 풍만한 가슴과 얼굴에 가면을 쓴 남자의 모습이 들어찼다.

사실 나도 내가 그 정도로 형편없는 결혼 생활을 하게 된다는 결과에 충격을 받긴 마찬가지였다. 꼭 점수 때문에 이 동아리방에 들어와 있는 건 아니라는 뜻이다. 이제부터 남자들을 닥치는 대로 만나고 다니면서 내게 딱 맞는 최고의 남편감을 찾아볼 작정이었다. 단맛을 느끼려면 쓴맛도 봐야 하는 법. 좋은 남편감을 찾기 위해서는 진흙탕에서 굴러 보기도 해야 한다. 난 경하를 보며 나도 모르게 사악한 미소를 지었다. 그러자 경하가 전에 없이 얼굴을 붉히더니 갑자기 리모컨을 집어 들어 텔레비전 화면을 꺼 버렸다. 그러고는 자리에서 일어나며 떠듬떠듬 말했다.

"역시 하나도 안 닮았잖아? 나, 난 몇 번이나 본 거라 지겨우니까 볼려면 혼자 보다가 가든가. 잘 가라."

녀석은 얼굴이 시뻘게진 채 그렇게 말하더니 뒤도 돌아보지 않고 동아리방을 빠져나갔다. 난 멍하니 앉은 채 문 쪽을 쳐다보았다. 그러고 난 지 일 분도 채 되지 않아 녀석이 문을 벌컥 열고 다시 방 안으로 들어왔다. 그러고는 소파 구석에 처박아 뒀던 책가방을 들고 나를 한 번 쏘아본 뒤 문을 쾅 닫고 나가 버렸다. 뭐야, 미친 거 아냐?

경하가 가고 난 뒤에도 난 계속 그곳에서 혼자 영화를 보았다. 현란하고도 기괴한 체위들이 계속해서 이어졌다. 벽에는 무슨 사이트 주소들도 잔뜩 적혀 있었다. 이런 애들한테 동아리방을 내준 학교도 머리가 어떻게 된 게 분명하다.

곧 화면이 바뀌었고 새로운 여자가 등장했다. 여자는 교복에 책가방을 메고 있었는데 놀랍게도 우리 학교 교복을 입고 있었다. 머리는 단발이었고 체구는 호리호리했다. 곧 남자들이 그녀 주위로 다가와 노골적으로 가슴을 만지기 시작했고 여자는 불편한 기색을 최대한 내비치지 않으려고 필사적으로 노력하며 '웃었다'. 남자들은 여자를 마구 갖고 놀았다. 여자는 시종일관 어색한 웃음과 신음 소리를 냈고.

문득 저 여자는 자신의 미래를 알고 있었을까 하는 생각이 고개를 들었다. 알면서도 자신의 미래가 저렇게 되도록 방치해 둔 걸까? 그랬을 수도 아니었을 수도 있다. 갑자기 공포심이 솟구쳤다. 알면서도 노력하지 않아서 저렇게 된 걸 수도 있어. 그건 끔찍한 일이었다. 난 절대 저 여자처럼 되지 않을 것이다. 반드시 그래야만 했다. 그래서 꼭 내가 꿈꾸는 멋진 삶을 살아야 했다.

난 모니터를 끄고 책가방을 집어 든 채 동아리방을 나왔다. 복도 창문으로 밖을 내려다보니 경하가 운동장을 가로질러 교문 쪽으로 가고 있는 게 보였다. 난 큰 소리로 녀석을 불렀다. 하지만 녀석은 알아채지 못했다. 난 내가 낼 수 있는 최대한의 속도로 녀석의 뒤를 추격하기 시작했다. 예전엔 녀석이 나를 쫓았지만 지금은 내가 녀석을 쫓는다. 그는 내가 이러는 이유를 모르지만 내겐 아무래도 상관없는 일이었다.

김 재 성…반송

내가 주영이의 소식을 들은 건 올해 들어서만 다섯 번째 토익 시험을 보러 갔던 인근의 고등학교에서였다. 그날도 나는 정해진 시간 안에 문제를 다 풀지 못했다. 정신을 바짝 차리고 온몸의 신경을 동원해 문제를 푸는데도 왜 시간은 항상 모자라는 건지. 다시 하고 또, 다시 해도 결과는 같을 것 같아 마음 깊숙이 투덜대며 한숨을 내쉬는데 뒤에서 누군가 나를 툭 쳤다. 준이였다.

내 뒷자리에서 유난히 다리를 덜덜 떠는 녀석이 있어서 시험 중에 다리 좀 가만히 있으라고 신경질적으로 말했는데 그 녀석이 준이였다. 준이는 시험이 끝나고 먼저 아는 척을 해 왔다. 준이와 나는 달리 할 말이 없어 이것저것 남의 이야기를 주로 했다. 그때 준이에게 주영에 대해 들었다.

"주영이 얼마 전에 죽었다고 들었는데, 니 모르나?"

"주영이가 죽었다고? 왜?"

"잘은 모르겠는데, 교통사고라더라. 밤에 운전하고 가다가 가로수 들이받았다고 하던데? 딱 봐도 음주지 뭐. 나도 뒤늦게 들어서 장례도 못 가 봤다."

나는 주영이와 초등학생 때 이후로 연락이 끊겼기 때문에 주영이가 어디서 어떻게 살았는지 전혀 알지 못했다. 뒤늦은 비보에 내가 할 수 있는 일이라곤 추억 속의 주영이를 불러내어 애도하는 것밖엔 없었다. 집으로 돌아가는 길에 나는 주영이와 마지막으로 한동네에서 함께 살았던 그해 여름의 일을 천천히 떠올려 보았다. 유리창 깨지는 소리가 들리고, 글러브를 낀 나와 야구방망이를 든 주영이가 깔깔 웃어 대며 열심히 도망치는 광경이 머릿속에 선명하게 그려졌다. 그해 여름, 어쩌면 우리의 불행은 이미 시작되었는지도 모르겠다.

지은 지 삼십 년이 넘은 주공 아파트는 5층이었고, 우리 집은 17동 508호, 꼭대기였다. 창문에서 큰 놀이터가 다 보여서 나는 몸을 반이나 창문 밖으로 빼고 창틀을 부여잡은 채 놀이터에 친구들이 모이는지를 수시로 확인했다. 창문에서 떨어지는 꿈을 한창 꿀 때였다. 꿈에서처럼 여기서 떨어진다면 어떻게 되는지 생각하는 시간은, 군대에 가면 어떻게 되는지 고민하는 시간과 함께 그 시절 나에게 가장 비밀스럽고 진지한 시간이었다. 다리부터 떨어지면 죽지 않을지도 몰라. 그네에서처럼 휘청휘청하다가 가장 높이 올라간 순간에 슈욱 뛰어내리고 정확하게 착, 착지하면 될 것 같은데. 창문에 매달린 나를 보면 엄마는 기절할 듯이 소리를 질렀다. 사실 나는 바로 엄마의 그 비명 소리를 즐겼다. 나무 의자에 한 발을 딛고 한 발은 허공에 둔 채 창틀에 등을 기대어 앉아 엄마가 방문을 열고 나타나 주길 기다리는 것이다.

주영이네 집은 맞은편 동 4층이었다. 5층인 우리 집에서 잘 보였다. 이른 저녁을 먹고 창틀에 기대 놀이터 쪽을 살피던 어느 날, 나는 주영이네 집에서 전기밥솥이 창문을 깨고 튀어나와 바닥에 처박히는 장면을 생생히 목격했다. 괴성에 가까운 비명과 함께 빨간색 밥솥이 챙, 다소 허무한 소리를 내며 튕겨져 나왔다. 창문에 부딪히며 밥솥 뚜껑이 열리더니 밥솥은 밥솥대로, 밥은 덩어리진 채로 제각각 자유낙하를 하는 광경은, 너무나 선명하고 이상하리만치 처연했다. 신기했던 것은, 그리고 끔찍했던 것은, 허공에서 빙글빙글 돌며 아가리를 닫아 버리고는 바닥에 부딪히자 다시 얼마만큼 튀어 올랐던 빨간색 밥솥이 아니라, 미동도 없이 떨어져 땅바닥에 철퍼덕 주저앉아 버린 밥이었다. 바닥에 떨어진 밥 덩어리가 허옇게 뭉개져 그 자리에서 썩어 가는 것을, 개미들이 엉기고 시커멓게 먼지 앉아 결국 다 사라지는 모양을, 나는 사흘이 넘도록 조용히 지켜봤다. 밥이 다 썩어 없어진 뒤로는 창틀에 걸터앉는 것이 조금 무서워졌지만 나는 그 짓을 멈추지는 않았다.

그 동네에서 주영이와 내가 깨 먹은 유리창만 해도 50장은 족히 넘었다. 테니스공과 야구방망이, 삼성 라이온즈 어린이 회원 로고가 박힌 글러브 하나만 있으면 우리는 하루 종일 잘 놀았다. 둘이서 온 동네를 돌아다니며 던지고 치고 달리고 가끔 홈런을

날리곤 했다. 이쪽 아파트 벽에 분필로 그린 스트라이크 존 앞에서 건너편 아파트 4층 이상을 때리는 공을 우리는 홈런이라고 불렀다. 글러브를 가진 나보다는 방망이를 가진 주영이가 훨씬 더 많은 홈런 기록을 갖고 있었다. 놀이터 구석구석, 1층부터 3층까지 늘어선 창문들 중 우리가 깨지 않은 유리창을 찾는 것이 오히려 더 쉬울 정도였다. 깨뜨릴 때마다 도망쳤지만 동네 사람들은 누구의 짓인지 따져 볼 것도 없이 주영이네 집 초인종을 눌렀다.

온 동네의 유리창값을 물어 주고 다니는 주영이 아버지가 어떤 분노에 휩싸여 밥솥을 밖으로 던져 버렸는지는 동네 아줌마들의 최대 화젯거리였다. 그때는 아파트라는 공간에도 이웃의 정이 약간은 남아 있어서, 지나치게 넓을 뿐 주차된 차라고는 몇 대 없는 휑한 마당에서 사람들은 파전을 부치고 막걸리를 나누기도 했다. 평상을 펴고 파전을 부치는 사람들 사이에서 주영이네 집 창문을 뚫고 떨어진 밥솥은 빨간색이었다가 파란색이 되기도 했고 비싼 전기밥솥이었다가 다 낡아 빠진 압력솥이 되기도 했다.

나는 주영이에게 직접 그 사건에 대해서 들었다. 주영이는 엄마가 밥솥을 던질 때 집에 있었다고 했다. 그러니까, 사람들이 짐작하는 바와는 전혀 반대로, 밥솥을 던진 사람은 유리창값을 물어 주러 다니던 주영이 아버지가 아니라, 유리창값을 요구하며 찾아온 사람들에게 얼굴도 내비치는 법이 없던 주영이 엄마였다. 주영이에 의하면 엄마가 외출하고 돌아온 아빠의 냄새를 맡았고,

속삭이는 소리를 얼핏 들었는데, 갑자기 비명을 지르더니 밥솥을 냅다 집어 던지더라는 것이다. 주영이도 자세한 상황은 모른다고 했다. 다른 것보다 엄마에게 그렇게 밥솥을 던질 힘이 있었다는 게 놀라웠다고 말했다. 창문이 마치 커다란 스트라이크 존이라도 되는 듯 정확히 창문을 향해 던졌다는 것이다. 나도 늘 창백한 주영이 엄마가 무서워 주영이네 집에 놀러 가는 것이 싫을 정도였으니, 주영이의 말에 꽤나 놀랐다.

그런데 그 이후로 주영이네 깨진 창문에서 걸핏하면 뭔가가 쏟아져 나왔다. 나는 창문을 빼꼼히 열고 그 광경을 지켜보는 재미에 빠졌다. 어느 날은 굉장히 요사스러워 보이는 한복이었고, 어느 날은 밥그릇이었고, 어느 날은 부엌칼이었다. 한복이 펄럭거리며 낙하할 땐 조금 무서웠다. 나는 창틈으로 맞은편 주영이네 집을 훔쳐보다가 물건이 튀어나오고 곧 주영이가 그걸 주우러 나오면 작게, 주영아, 하고 불렀다. 그러면 주영이는 못 들은 척 물건들만 주워서 잽싸게 올라가 버리는 것이었다.

그때 주영이와 나의 하루 용돈은 300원이었다. 300원이면 이 주를 모아서 건전지를 넣으면 달려 나가는 조립식 미니카를 살 수 있었고, 학교 앞 분식집에서 150원 하는 떡꼬치 두 개를 사 먹을 수 있었다. 아무리 붙들고 있어도 미니카를 깔끔하게 조립하지 못했던 주영이는 이 주를 다 모으기보단 매일 떡꼬치 두 개를 먹는 쪽을 택했다. 주영이는 내가 용돈을 모을 때면 떡꼬치를 한입 먹을 수 있게 허락하기도 했다. 나는 미니카를 일곱 대인가 여덟 대인가 모은 뒤로는 300원짜리 테니스공을 샀다. 홈런으로 날아가 버린 테니스공은 유리창값을 물어 주어도 돌아오지 않았기 때문에 나는 일주일에 두 번 정도는 테니스공을 사야 했다.

그런데 그날따라 주영이가 내게 떡꼬치 한 개를 다 주면서 말했다. 니 돈 있나. 공 사느라 다 썼지. 돈은 와. 버스 타고 부산 갈라믄 얼마 필요하노. 나도 몰라. 부산이 얼마나 먼데. 부산은 와. 부산 가면 바다 있다 아이가. 바다 보고 싶나. 그래, 나는 바다 한 번도 못 봤다.

주영이가 준 달콤한 떡꼬치 한 개를 다 먹고 나는 이상하게도, 방학 숙제 때문에 들춰 봤던 신문 기사 하나가 생각났다. 나는 주영이에게 기사에 나온 편지 도둑의 이야기를 들려줬다. 어느 군인이 편지에 돈을 10만 원이나 넣어 보냈는데, 그 편지가 감쪽같이 사라졌다는 내용이었다. 그 군인이 범인을 찾고 있는데, 내가 그거 찾을 수 있겠느냐 했더니 주영이는 그걸 어떻게 찾느냐고 했다. 그런데 편지 보낼 때 돈을 넣어서 보내기도 하나 보네? 우리 편지함 뒤져 볼래? 누가 돈 넣어 놨을지 아나? 주영이의 말에 나도 귀가 솔깃했다.

우리가 살던 주공 아파트는 서른두 개 동이었고, 5층짜리였다. 한 동에 40세대가 살았다. 40세대에 서른두 개 동이면 1280이다. 그날 하루 동안 주영이와 나는 천 개가 넘는 우편함을 모두 뒤졌다. 우편함은 한 라인에 열 개씩, 계단을 오르는 입구에 다소곳이 모여 있었다. 무방비 상태인 저금통들이 배를 벌리고 우리를 반겨 주었다. 처음에는 세금고지서와 광고물까지 닥치는 대로 거두었다. 두근두근 심장이 뛰었다. 우리는 거두어들인 것들을 계단에 웅크리고 앉아서 뜯었다. 하지만 허탕이었다. 고지서들은 쓸데없다는 걸 곧 깨달았다. 편지여야 된다. 편지. 컴퓨터 글자로 적혀 있는 봉투 말고 사람 손으로 적혀 있는 편지만 뜯자. 주영이도 나도 신이 나서 온 동네를 미친놈들처럼 뛰어다녔다. 편지만 골라서 쏙쏙 빼냈다. 동네 아줌마들이 앞에 앉아 있어서 통로를 그냥 지나쳐야 할 때는 아쉬워서 자꾸만 되돌아보았지만 아줌마들은 좀체 그 앞을 떠나지 않았다.

어, 있다, 있다. 주영이가 핑크색 편지 봉투를 뜯었다. 그 안에 오천 원짜리가 한 장 들어 있었다. 어, 여기도 있다. 내가 뜯은 평범한 흰색 봉투에 천 원짜리가 석 장 들어 있었다. 온 동네 우편함을 뒤지고 다닌 지 세 시간 만에 첫 수확을 올린 우리는 놀이터에서 소리를 지르고 놀았다. 그러다 조금 미안한 마음이 들었던 나는 돈만 빼고 편지는 되돌려놓자고 했지만 이미 찢어진 봉투를 어떻게 하지는 못했다. 주영이가 편지를 잘게 찢어서 하수구에 버렸다. 아무도 모를 거다, 그자? 주영이가 내게 2000원을 건넸다. 8000원 중에서 6000원을 가져가며, 자기는 부산에 갈

거라고 했다. 나는 그러라고 했다. 2000원이면 일주일치 용돈이었다. 왠지 돈을 적게 받으면 유리창을 깨뜨리고 매번 주영이가 혼났던 것처럼 이번에도 나는 면죄부를 받을 수 있을 것 같았다.

엄마가 내 방 창문으로 고개를 내밀고 나를 큰 소리로 불렀다. 밥 무러 온나, 지성아. 밥 무러 온나, 지성아. 밥 무러 온나. 나는 엄마한테 알았다고 소리를 꽥 지르고는 주영이와 헤어졌다. 올라가는 길에, 나는 우리 동 우편함 앞에 섰다. 308호에 두툼한 편지가 들어 있었다. 308호 누나는 술집에 다닌다고 소문이 나 있었다. 누나는 가끔 계단에서 마주치면 인사도 않고 쌩하고 지나쳤다. 향수 냄새가 심했고, 검은 스타킹에 빨간 미니스커트와 가죽 잠바 차림으로 다녔다. 사람들이 술집에 다닌다고 손가락질할 만하다고 생각을 했었던 것 같다. 나는 편지를 빼 들어 집에 올라가자마자 책상 서랍에 숨겼다.

다음 날 해도 뜨기 전에, 나는 창문에 소란스럽게 어른거리는 불빛 때문에 잠에서 깼다. 소리에 깼는지 불빛에 깼는지 모르겠지만, 일어나 창문으로 내다보니 빨간색과 파란색이 눈이 아플 정도로 뱅글뱅글 돌아가는 순찰차가 아파트 입구에 와 있었다. 사람들 몇이 모여 웅성대는 소리가 들렸다. 울음 소리도 간간이 들려왔다. 곧이어 소리를 죽이고 뱅글뱅글 돌아가는 녹색 불빛만 얹은 구급차가 왔다. 구급차가 아무 소리도 내지 않았는데 내 귀에 삐뽀삐뽀 소리가 들려서 이상했다. 나는 창가에 기대앉아서 구급차에 흰 천으로 덮인 들것이 실리고 불빛이 꺼진 구급차가 떠나가고 경찰이 주변 사람들 몇 명을 차에 태워 출발하는 것까지 지켜봤다. 아주 큰일이 일어났다는 생각에 궁금해서 귀를 기울여 봤지만 몇 명 남지 않은 사람들이 전부 소곤소곤 이야기를 하고 있어서 아무것도 알아들을 수가 없었다.

잠이 깬 김에 나는 저녁에 훔쳐 온 3층 누나의 편지를 꺼냈다. 평범한 흰 봉투에 적힌 보내는 사람 주소가 강원도 화천군이었다. 여기가 어디지? 이름까지 마저 읽은 순간 나는 오소소 소름이 돋았다. 일병 김○○. 일병 아저씨는 혹시 편지를 도둑맞았다던 그 아저씨일까? 나는 조심스럽게 봉투를 뜯었다. 그런데 놀랍게도 새파란 만 원짜리 지폐가 접혀 있는 것 아닌가. 나는 심장이 쿵쾅쿵쾅 뛰어서 미칠 것만 같았다. 게다가 두 장이었다. 2만 원이라니. 베레타 권총과 스타 농구공 따위가 번쩍번쩍 떠올랐다. 도대체 왜 군인들은 편지에 돈을 넣는 걸까? 그러나 곧 일병 아저씨에게 미안했다. 편지만이라도 우편함에 되돌려놓을까? 조심스럽게 뜯었으니 풀로 다시 붙이면 감쪽같을 것이다. 편지만 다시 접어서 넣으려다가, 혹시나 편지에 2만 원에 대한 내용이 있으면 어떻게 하나 싶어서 나는 천천히 편지를 읽어 내려갔다.

편지는 네 장이나 되었고, 각 장마다 마른 야생화 꽃잎이 투명테이프로 코팅되어 붙어 있었다. 글씨는 서예처럼 모음의 윗부분이 꺾여 한쪽으로 누워 있었는데 초등학생인 나보다 서툴다는 생각이 들 만큼 악필이었다. 그런데 삐뚤빼뚤하면서도 가지런히 정리가 잘 되어 묘한 매력이 있었다.

나는 편지 내용의 대부분을 이해할 수 없었다. 그곳의 햇살이 어떠하고, 구름이 어떠하며, 꽃은 어떻게 피고 해와 달은 어떻게 뜨고 진다, 이런 이야길 하다가 갑자기 훈련받은 이야기를 하고, 우리가 어디어디에 갔었던 이야기, 지금도 자신은 잊지 않고 있으니 언제든 마음이 돌아오는 때에 답장을 부탁한다는 이야기 등이 반성문을 쓴 것이 아닌가 하는 생각이 들 만큼 애처롭게 적혀 있었다. 두 사람이 사이가 안 좋았는데 일병 아저씨가 사과를 하는 내용인 것 같았다. 그런데 3층 누나는 나 때문에 이 중요한 걸 못 읽게 된 것 아닌가. 나는 더욱더 일병 아저씨와 3층 누나에게 미안해졌다. 편지만이라도 이따가 몰래 우편함에 되돌려놓아야겠다고 생각하고는 다시 잠을 청했다.

나는 해가 중천에 뜬 다음에야 일어나 편지 따위는 까맣게 잊고 아파트 마당에서 파전을 부치는 엄마를 찾아 내려갔다. 그리고 엄마 옆에 누워서 동네 어른들에게 이야기를 주워듣다가 펑펑 울고 말았다. 3층 누나가 새벽에 집에서 목을 매달아 자살했으며, 그게 술집에서 일하다가 도망쳐 나온 직후라는 것이다. 술집 사장인지 오빠인지가 바람을 피운다고 의심하며 매일 때리고 돈을 뜯어 갔다고 유서에 적혀 있었다고 한다. 유서를 본 사람은 아무도 없었지만 새벽에 구경을 하던 사람이 경찰 옆을 기웃거리다가 주워들었다고 했다. 3층 누나는 집으로 피해 들어와 열 명이 넘는 친구들에게 8282라고 삐삐를 쳤고, 삐삐를 받은 친구들이 집으로 전화를 걸었지만 받지 않더란다, 까지 말했을 때 2층에 사는 아줌마가 그 전화벨 소리에 잠이 깼다며 맞다 하며 추임새를 넣었다. 이상하다는 느낌을 받은 친구들이 서로 연락해 집으로 찾아왔을 때는 문이 잠겨 있었고, 밖에서 두드리고 소리를 지르다가 결국 경찰을 불러 문을 따고 들어가니 누나는 이미 목을 매고 숨져 있었다는 것이다. 나는 엄마 허벅지를 베고 누워 자는 척을 하며 오늘 새벽에 일어난 그 모든 일에 대해서 몽땅 들었고, 엄마 배에 얼굴을 파묻고 흐느껴 울었다. 울다가 벌떡 일어나서 5층 집으로 뛰어 올라가 방문을 잠가 놓고 울었다. 목을 매달아 죽으면 혀가 배꼽까지 나온다는 어른들의 말이 너무 무서워서 자꾸 눈물이 났다.

408호에서 불이 난 건 308호 누나가 자살한 지 채 한 달이 안 되었을 때의 일이다. 여름방학이 끝나 가고 있어서 밀린 방학 숙제를 핑계로 집 안에만 꼭꼭 숨어 있었던 나는 주영이가 부산엘 갔는지 어쨌는지도 몰랐고 주영이가 또 우체통을 털러 다니는지 어쨌는지도 몰랐다. 사실은 다시는 주영이를 만나고 싶지 않아서 창밖에서 주영이가 불러도 일부러 대답도 하지 않았다.

나는 일병 아저씨의 편지를 어떻게 하면 좋을지 그때까지도 고민하고 있었다. 거의 방 안에만 틀어박혀 읽지도 않는 책을 펴 놓고 앉아 있으면 엄마가 기특하다며 복숭아도 깎아 주고 코코아도 타 주었다. 『해저 2만 리』『로빈슨 크루소』『80일간의 세계일주』 같은 책들을 무슨 내용인지도 모르고 글자만 따라서 읽고 소리 내서 읽고 하는 짓을 반복했다. 글자만 읽을 수 있었지 다른 내용은 하나도 눈에 들어오지 않았지만, 무인도에 혼자 살아남은 로빈슨 크루소가 일병 아저씨처럼 느껴질 때도 있었다. 그 일병 아저씨가 기다리는 편지가 도착하지 않자 군대를 탈출해 여기로 오고 있으면 어떡하나 하는 상상에 사로잡혀 밖에도 나가지 않았고 창밖을 구경하지도 않았다.

그리고 바로 그날이 되었다. 그날은 죽을 듯이 더웠다.

아빠는 새로 산 진공 청소기가 마음에 들었는지 틈만 나면 시끄러운 청소기를 돌려 대서 나는 있는 대로 짜증이 났다. 아침부터 청소기를 들고 다니며 13평밖에 안 되는 아파트를 모두 빨아들일 기세로 구석구석 청소기 주둥이를 밀어 넣는 아빠를 피해 나는 5층 층계참을 쿵쿵 뛰어 내려갔다. 아무도 없는 마당 평상에 누워 매미 소리도 듣고 개미를 잡아 싸움을 붙이며 한참을 놀았는데도 5층의 청소기 소리는 그치지 않았다. 그러다가 까무룩 잠이 들었고, 꿈인지 아닌지 분간할 수 없는 광경이 펼쳐지며 온몸을 꼼짝달싹 못하는 상태가 되었다. 나는 심한 공포에 사로잡혔다. 손끝 하나 움직일 수가 없었다. 내가 누워 있는 평상 끝에

군복을 입은 사내 하나가 걸터앉아 모자를 벗어 들고는 잔뜩 움츠려 땅만 쳐다보고 있었기 때문이다. 일병 아저씨가 나를 잡으러 왔구나 하는 생각에 소리를 지르고 싶었지만 온몸이 굳어 아무것도 할 수 없었다. 그러다가 갑자기 모든 것이 사라졌다. 나는 억, 하는 소리와 함께 멍청하게 잠에서 깼다.

나는 방금 본 일병 아저씨가 꿈에 나온 것인지 아니면 정말 방금까지 여기에 앉아 있다가 가 버린 것인지 확인하려고 주변을 두리번거리다가 탄내를 맡았다. 일어나서 17동을 한 바퀴 휙 돌아보았다. 나는 책상 서랍에 넣어 둔 편지를 지켜야 한다는 생각에 다급해졌다. 집으로 올라가려고 아파트 층계로 들어선 순간 매캐한 탄내가 더 심해진 것을 깨달았고, 나는 있는 힘껏 계단을 올라 그때까지도 청소기를 돌리고 있던 아빠에게 달려들어 제발 청소기 좀 끄라고 소리를 질렀다. 아빠가 청소기를 끄자마자 탄내가 들이닥쳤다. 소리에 짓눌려 잠복하고 있던 냄새가 갑자기 우리를 덮쳤고, 나는 재빨리 내 방 서랍의 편지를 꺼내 주머니에 구겨 넣었다. 불이 난 걸 직감한 아빠와 엄마가 예금통장이며 도장이며 따위를 황급히 챙기면서 내게 얼른 내려가라고 했다. 나는 계단을 세 개씩 네 개씩 건너뛰어 순식간에 내려와 아파트 상가에 있는 공중전화를 향해 전력 질주했다. 119를 누르고, 여기 불이 났어요, 여기 주공 아파트예요. 17동이에요. 빨리 오세요. 하고 있는데 벌써 소방차 세 대가 아파트 진입로로 달려오는 것이 보였다. 나는 전화를 끊어 버리고 소방차를 따라 다시 있는 힘껏 뛰었다.

17동 앞에는 벌써 사람들이 몰려들어 있었다. 아빠가 아파트 현관을 빠져나오는데 408호 베란다의 유리가 깨져 아빠 팔 끝을 스치며 떨어졌다. 놀란 엄마가 자리에 털썩 주저앉자 옆에 있던 동네 아줌마가 청심환을 뜯어서 먹였다. 아빠는 팔에서 피가 조금 났을 뿐 다행히 괜찮았다.

아빠는 5층에서 내려오며 집집마다 문을 두드려 불이 났다고 소리를 질렀단다. 408호 문을 두드리다가 그제야 이 집에서 불이 났구나 하는 걸 직감했다고 했다. 혹시 사람이 안에 있지는 않을까 해서 문을 발로 몇 번 차 보고 내려왔단다.

소방관 아저씨가 주민들을 모아서 불이 난 원인에 대해서 설명했다. 408호에는 다행히 아무도 없었고, 주민들도 미리 대피해서 다친 사람은 없다, 혹시 여기에 모이신 분들 중 연기를 많이 마신 분이 있느냐, 불은 408호 안방의 텔레비전에서 시작된 것으로 보인다, 텔레비전을 켜 두고 외출하는 일이 없도록 해야 한다, 전기가 과열되어 일어난 화재였고, 십 분 만에 진압했다, 등의 다양한 이야기를 굉장히 빠른 속도로 이야기했다. 나는 오전 내내 청소기를 돌리던 아빠 생각에 굉장히 뜨끔했다. 전기가 과열되었다는 말에 청소기 소리가 귓가에 윙윙 울렸다. 혹시나 했지만 일병 아저씨가 홧김에 불을 지르고 달아난 게 아니라서 다행이었다.

우리 집은 그을음과 물로 엉망이었다. 베란다 창문도 몇 개 깨져 있었고, 바닥이 뜨거우니 열이 다 식은 후에 집으로 들어가라는 소방관 아저씨의 말 때문인지 바닥이 녹아내리는 것처럼 느껴졌다. 엄마 아빠는 황망히 거실 식탁에 앉아 시커먼 연기 자국이 난 천장이며 벽이며 물바다를 이룬 바닥이며를 쳐다보았다. 불이 옮겨붙지 않은 것이 천만다행이었다.

다음 날 우리는 일단 쓸 만한 것들만 챙겨서 거처를 옮겼다. 아빠가 집수리를 하려고 알아봤지만 계속된 사고가 낡은 아파트 탓이라는 원성이 자자한 가운데 재건축 이야기가 탄력을 받는 모양이니, 엄마가 좀 기다려 보자고 했다. 308호, 408호, 그다음 차례는 508호라는 말이 공공연히 나돌았다. 우리는 불길한 예감에 사로잡혀 5층 집으로 돌아가지 못하고 단칸방에 모여 살았다.

곧 재건축 허가가 나고, 시공사를 결정하는 가운데 싸움판이 벌어지고, 사람들이 하나둘 이사를 나가자 아파트는 순식간에 폐허처럼 변해 버렸다. 나는 그때까지도 일병 아저씨의 편지를 어쩌지 못하고 서랍에 숨겨 두었었는데, 이제 이 아파트가 없어지면 일병 아저씨의 편지를 돌려주지도 못할 거라는 생각에 마음이 급해졌다. 나는 이미 완전히 구겨지고 낡은 편지 봉투를 테이프로 단단히 여며 붙였다. 돈 2만 원은 어떻게 썼는지 기억도 안 났다. 17동에 도착해 우편함 앞으로 갔다. 반송함이라고 쓰인 칸에 죽은 308호 누나 앞으로 온 편지들이 들어 있었다. 나는 반

송이라는 말을 잘 몰랐지만 308호와 408호로 온 편지들이 모두 거기에 들어 있어서, 일병 아저씨의 편지를 거기 넣었다. 집에 돌아와서 엄마에게 반송함이 뭐냐고 물었더니, 잘못 온 편지를 되돌려보내려면 거기에 넣으면 된다고 했다. 나는 엄마 말대로 늦었지만 편지가 되돌아가길 빌었다.

주영이네 엄마가 창문으로 투신했고, 목숨은 건졌지만 불구가 돼서 휠체어에 앉아 있으며, 주영이 아빠가 휠체어를 밀고 폐허가 된 아파트를 매일 산책한다는 소문을 들은 것은 내가 일병 아저씨의 편지를 반송함에 넣고 한 달도 더 지나서였다. 우리 가족은 다소 멀리에 집을 구했기 때문에 나는 친구들과 헤어져 전학해야 한다는 슬픔에 빠져 살고 있을 때였다. 주영이는 야구방망이를 들고 다니며 아파트의 빈집 유리창을 모두 박살 내다가 경비 아저씨에게 붙들렸다고 했다. 주영이 말로는 질이 나쁜 중학생 형 누나들이 빈집에 모여 놀기에 집 안을 훤히 들여다보이게 하려고 그랬다는데, 나는 그 말이 너무 무서웠다. 곧 주영이네 집도 내가 어딘지 모르는 아주 멀리로 이사 갔다. 그 뒤로 나는 주영이의 소식을 듣지 못했다.

주영이를 생각할 때면 나는 창문을 뚫고 나와 떨어지던 허연 밥 덩이를 가장 먼저 떠올리게 된다. 바닥에 철퍼덕 주저앉아 썩어 가는 밥 덩이를 지켜보던 어린 나는 무슨 생각을 했을까? 내게 주영이는 이미 땅에 떨어져 손 쓸 도리가 없는 밥 덩어리 같은 존재일까.

주영이와 내가 살던 주공 아파트는 완전히 허물어졌지만 그 자리엔 더 크고 높은 아파트가 당당히 들어섰다. 주영이와 내가 깼던 유리창들은 매번 똑같은 색깔과 모양의 유리창으로 다시 끼워졌었다. 주영이네 창문에서 튀어나와 바닥에 떨어진 물건들도 대부분 주영이가 주워서 다시 집으로 갖고 들어갔다. 불타 버린 408호도 재건축만 아니었다면 새로 단장하여 사람이 살았을 것이다. 그리고 내가 반송함에 넣은 편지도 아마 일병 아저씨에게로 돌아갔을 것이다. 그런데 그날 죽은 3층 누나는 되돌아오지 않았다. 주영이도 이제 다시 돌아올 수 없을 것이다.

내가 편지를 훔치지 않았다면 누나가 그날 그렇게 스스로 목숨을 끊었을까? 시간이 아무리 많이 흘러도 풀 수 없는 문제였다. 3층 누나가 죽은 날 내가 308호 우편함에서 일병 아저씨의 편지를 훔친 사실은 엄마도 아빠도 주영이도, 아무도 모른다. 다 구겨지고 훼손된 상태로 반송된 편지를 받았을 일병 아저씨조차도 무슨 일이 일어났는지는 몰랐을 것이다. 나는 입을 다물고 그 일을 비밀로 간직했다. 전학한 뒤로는 글러브를 들고 나가 아이들 틈에 낄 생각도 않았고, 이전 학교의 친구들과는 아무 연락도 주고받지 않았다. 함부로 손댔던 남의 편지 한 통에 대한 벌로 나는 아주 사소한 관계에서도 겁내며 물러서는 소심한 삶을 선고받았다.

나는 준이를 만나 주영이의 소식을 들었던 그다음 달에도, 다음 달에도 시험장에 갔다. 준이는 그날 이후로 만나지 못했다. 나는 정신을 바짝 차리고 온몸의 신경을 집중하여 문제를 풀었다. 여전히 시간은 모자랐다.

김 이 윤…축지법은 있다

1. 빈

"다녀오겠습니다!"

대문을 열려다가 나는 우뚝 서 버렸다. 대문 옆 정원석 밑으로 나와 있는 가느다란 두 개의 노란 손가락, 저것은?

그 앞에 쪼그리고 앉았다.

노란 털이 덮인 검지 같은 그것은 사람 손가락은 아니다. 두 손가락을 잡아당겼다. 매우 조심스럽게 사알사알.

짐작대로였다. 만세를 부르듯 앞다리를 쭈욱 내민 채 쓰러져 있는 아주 어린, 눈조차 뜨지 않은 조그만 고양이.

손으로 감쌌다. 차갑지 않다. 맥박도 느껴진다. 이렇게 어린 고양이라면 엄마 고양이와 같이 있어야 하는데. 이리저리 눈동자를 굴려 보았지만 어느 쪽에서도 엄마 고양이의 움직임은 포착되지 않는다. 엄마 고양이가 데려가게 여기 그냥 놔둘까? 그런데 얘가 길을 잃은 거라면? 아냐아냐, 이렇게 눈도 못 뜬 새끼 고양이가 어떻게 길을 잃어. 혹 엄마 고양이가 얘를 버린 거라면?

"안녀 다녀오쩨요오."

혀 짧은 소리로 인사하는 민이의 귀여운 목소리가 들렸다. 그 남자가 출근하는 모양이다. 그 남자랑 마주치기 전에 얼른 나가야겠다. 엄마와 재혼한 남자랑 같이 사는 건, 동물원에서 사자 옆방에 있는 기분이야. 어흥, 소리 내며 위협하지는 않지만 몹시 불편해.

근데 노란 아기 고양이, 얘를 어쩐담? 어이, 아기 고양이, 너 여기 있는 거 니네 엄마가 알아?

그 남자와 마주칠까 봐 그 남자가 출근하는 길목과 반대쪽 골목으로 꺾어 들었다. 진호에게 전화를 했다.

"벌써 학교 가자고?"

"그 전에 헤어드라이어가 필요해. 수건이랑. 지금 니네 집에 가도 됨?"

"왜? 머리 안 감았어?"

진호네 집에 가자 진호는 시리얼에 우유를 부어 먹고 있었다. 진호 부모님에게 인사부터 드려야 하나? 고개를 쭉 빼고 안방 쪽을 보았다.

"아무도 없어. 우리 부모님, 7시면 출근하셔."

등 뒤에 있던 왼손을 진호 눈앞에 불쑥 내밀었다.

"힉! 이게 뭐야?"

우리는 아기 고양이를 수건에 싸서, 헤어드라이어를 켜고 가장 낮은 단계의 따뜻한 바람을 쐬어 주었다.

"진짜 쪼그맣다. 이렇게 하면 살아나? 어, 눈꺼풀 움직인다!"

"지하철역 앞에 24시 동물 병원 있지? 진호 너, 돈 얼마 있어?"

우리는 지각을 하고 말았다. 담임 과목인 체육이 3교시에 들었다. 어차피 혼날 각오는 해야 한다.

병원에서 찍은 노란 아기 고양이 사진을 반 친구들이 모인 채팅 창에 전송했다. 입양할 사람을 구해야 하니까.

—오! 완전 귀엽다.

—태어난 지 일주일쯤 됐대.

—완전 귀요미다! 이름은 뭘로 할 거임?

—거기 유딩딩이라고 적혀 있잖아.

—이렇게 손바닥만 한 고양이가 링거를 맞다니. 불쌍해 ㅠㅠ

애들은 귀엽다고 호들갑을 떨면서도, 입양은 망설였다. 죄다 엄마한테 물어봐야 한단다. 비겁한 자식들! 말끝마다 엄마, 엄마. 나 같으면 눈치 안 보고 그냥 데려간다. 나는 그 남자 때문에 못 데려가는 거니까 비겁한 건 절대 아냐. 일종의 특수한 가정 사정이지.

#2. 진호

3교시. 체육복을 입고 줄넘기를 들고 운동장으로 나갔다.

"니들은 만날 붙어 다니더니, 지각도 같이 하냐?"

담임 선생님 말씀에 빈은 고개만 숙이고 있다. 이런 땐 내가 나서야지.

"금방 죽을 것 같은데 어떻게 그냥 와요. 우리 둘이 있는 돈 없는 돈 탈탈 털어서 링거까지 맞혔어요. 진료 카드에 이름을 적어야 해서 '유딩'이라고 이름도 지었어요. 그런데 수의사 아저씨가 유딩을 유딩딩으로 알아들었지 뭐예요. 선생님, 그러니까 지각, 봐주세요, 네?"

내 말에 담임 선생님 눈썹이 꿈틀, 했다. 좋은 신호는 아니다.

"임마, 그거 누구 창작이야?"

그러자 반 아이들이 일제히 소리쳤다.

"거짓말 아니에요. 휴대폰으로 유딩딩 사진도 보내온걸요!"

어느 사이에 서연이가 휴대폰을 선생님께 내밀고 있었다. 선생님이 이번에는 서연이에게 소리쳤다.

"임마, 수업 시간에 누가 휴대폰 가져오래? 그러면 수행평가 몇 점 감점이랬지?"

"……5점이요……."

서연이가 기어들어 가는 소리로 대답했다.

"잘 알고 있구나. 그럼 서연이 5점 감점, 오케이?"

아이들은 신이 나서 일제히 소리 맞춰 외쳤다.

"오케이!"

서연이는 입을 삐죽거렸다. 서연이는 우리 반 1, 2등을 다투는 애니까 속상하기도 하겠다. 나랑 유치원, 초등학교, 중학교 모두

동창인 서연이. 우리 엄마는 서연이 좀 본받으라고 노래를 한다.

방과 후에 동물 병원에 갔더니 이제 유딩딩을 데려가란다. 입양될 때까지 입원시켜 달랬더니 입원비가 무지무지 비싸단다. 게다가 집고양이가 아니니 병원에 있는 다른 동물들에게 병을 옮기지 않을 게 확실해야 입원도 할 수 있는데, 그런 검사를 하기에는 요 녀석이 너무 어리다고 했다. 나 참, 어쩌라고?

빈도 어깨가 처졌다.

"진호야, 일단 네가 데리고 있어. 얘가 움직일 수 있게 되면 우리 마당에 풀어 놓을게."

윽, 그건 좋은 선택이 아냐. 우리 엄마 기절하실 텐데?

나는 말은 못 하고 손사래만 쳤다.

"그래도 넌 친엄마, 친아빠잖아. 난 그 남자 때문에 안 돼. 내 말 이해하지?"

마치 갈림길에 선 기분이다. 우정을 택할래, 효도를 택할래?

새아빠를 '그 남자'라고 부르는 빈에게 고양이를 맡으라고 할 수는 없다. 그렇다고 "실망이야. 엄마는 우리 진호가 그렇게 생각 없는 아들인 줄은 정말 몰랐어." 같은 말을 듣고 싶지도 않다. 더욱이 우리 아빠는 잔소리 대마왕인데, 부모님 몰래 유딩딩을 내 방에 숨길 수 있을까?

우리는 한쪽 눈을 반쯤 뜬 노란 아기 고양이를 휴대폰으로 찍어 반 친구들에게 다시 전송했다.

—귀여운 아기 고양이 유딩딩. 이제 퇴원했어요. 입양해 줄 엄마 아빠 찾아요. 우유 먹이는 주사기는 공짜임!

한쪽 눈을 반쯤 뜨고 있는 아기 고양이는 윙크하는 것처럼 보였다.

"이렇게 귀여운데 입양 안 하고는 못 배길걸!"

정말 그런 모양인지 답문자가 쇄도했다. 귀엽다고 난리였다. 특히 서연이는 체육 시간에 감점을 당하고도 하트를 세 개나 보내왔다. 그러나 정작 입양하겠다고 나서는 아이는 이번에도 없었다.

#3. 빈

민이까지 그림책을 펼치고 있으니 오늘 거실 풍경은 도서관이 따로 없다. 패션 잡지를 바닥에 놓으며 엄마가 그 남자에게 물었다.

"또 그 낡은 무협지야?"

"읽을수록 새롭거든. 요즘은 축지법에 마음이 가. 거리를 줄이면 시간도 줄이는 거잖아……."

"자기는 애들 같아. 그 나이에 게임도 좋아하고."

"내가 하는 게임에도 축지법이 나온다! 무협지의 게임 버전이거든."

"내가 무협지라면 좋겠다. 그럼 나를 오래오래 좋아할 거 아냐."

"하하, 당신은 나만의 무협지야. 시간이 지날수록 새로운 면을 발견하게 되니까."

엄마랑 저런 유치한 말을 주고받는 사람이, 그 남자가 아니라 내 아빠라면 얼마나 좋을까.

아빠에 대한 뚜렷한 기억은 없다. 하지만 누군가의 등에, 그것도 아주 넓은 등에 업혔던 희미한 기억이 있다. 아마 아빠의 등이었을 거야.

"나하고 너한테만 빼고 좋은 사람이었어. 그러니 그리워할 필요 없어."

엄마는 아빠 얘기를 할 때는 늘 냉정했다.

나는 보던 만화책을 덮고 내 방으로 들어왔다.

엄마는 남성복 회사인 '비니 컬렉션'을 만든 디자이너다. 지금은 그 남자가 '비니 컬렉션'의 경영을 맡고 있다. 엄마는 그 남자와 재혼해서 민이를 낳은 후 여성복인 '미니 컬렉션'도 출범시켰다. 나만 없으면 엄마와 그 남자, 민이는 완벽한 가족이 될 것이다.

불을 끄고 침대에 눕는데, 진호한테서 문자가 왔다.

—서연이에게 '뜨거운 감자'를 넘겼음.

서연이가? 휴우, 다행이다. 그런데 '뜨거운 감자'라니? 삼킬 수도 없고, 뱉을 수도 없는 곤란한 존재가 우리 유딩딩이라고? 난 동의할 수 없는데?

4. 진호

"아니이, 봉사활동 점수도 받을 수 있다니까요."

봉사활동 점수라는 말에, 아빠는 베란다에서 슈나우저 '장군이'의 집을 꺼내 왔다.

개 나이로는 할아버지쯤 되는 열세 살에 세상을 떠난 장군이는, 재작년까지 딸기 무늬가 있는 저 집에 살았다.

"난 고양이는 별론데. 개가 충성심이 깊어서 좋지."

아빠는 아기 고양이를 장군이가 쓰던 집 안에 들여놓으며 계속 아쉬워했다. 유딩딩은 장군이네 집에 살기에는 지나치게 작아서, 마치 학교 운동장에 누워 있는 개미 같았다.

부모님에게는 학교에서 태어난 고양이인데 며칠 맡아 키우면 봉사활동 점수를 준다고 해서, 내가 손들었다고 말했다. 이런 거짓말이 싫지만 나도 어쩔 수 없다.

아침에는 한창 샤워하는데 화장실 문을 두드리며 아빠가 말했다.

"무슨 샤워를 그렇게 오래 하냐? 서둘러. 출근길에 태워 줄게."

"괜찮아요. 혼자 갈게요."

"아빠가 태워다 준다니까."

학교는 걸어서 십 분도 안 걸린다. 아빠는 병에 걸렸어. 아들을 졸졸 쫓아다니며 감시하는 병.

아침에는 아빠 때문에 기분이 나빴는데 학교에 가서 기분이 좋아졌다. 어젯밤에 문자를 보내온 서연이는 당장 오늘 저녁에 유딩딩을 데려가겠단다.

빈은 서연이가 나를 좋아하는 거 아니냐는 쓸데없는 말을 하면서도 안심하는 눈치다.

담임 선생님은 우리에게 자주 무리한 요구를 한다. 이번 체육 시간에도.

"기말 수행평가는 줄넘기다. 연속으로 2단 뛰기!"

"네에? 쌩쌩이요?"

아이들 몇이 동시에 물었다.

"그래. 쌩쌩이. 서른 개 이상이면 50점, 스무 개 이상이면 40점, 열 개 이상은 30점. 그리고 기말고사 필기는 50점 만점!"

선생님은 그 말씀으로 체육 시간을 끝냈다.

체육복을 갈아입으며 빈이 말했다.

"난 체육 수행평가는 만점 받고 싶어!"

"야, 영어 수학을 잘해야 좋은 대학 가는 거야. 우리 아빠가 그랬어."

"그래도 난 체육 잘하는 애가 멋있어. 진호야, 우리 쌩쌩이 연습 많이 하자. 한 달 남았으니까 빡세게 하면 서른 개 이상 할 수 있을 거야."

빈이 상기된 얼굴로 말했다. 체육 수행평가에 매달리겠다니, 중2치고는 아직 어리다니까. 철이 없어. 그래서 성적이 안 좋은 거야.

#5. 빈

우리 집에는 거실에만 컴퓨터가 있다. 게임에 몰입하느라 그 남자가 가까이 온 것도 몰랐다.

"그게 뭐냐? 넌 그것만 하더라."

"……써든이요."

"그거 중학생이 해도 되는 거냐? 아닌 것 같은데? 너 혹시?"

"……."

촌스럽게 뭘 그런 걸 묻는담. 집중해서 쏴야 하는데 왜 자꾸 말을 거는 거야?

"같이 게임할래?"

"전 바람의 나라 같은 거 안 해요."

"왜, 재미있던데. 나, 공간 이동하는 마법도 많이 가지고 있어. 연타도 빠르다구. 같이 하자."

"축지령서, 비영사천문 같은 거요? 그런 축지법은 완전 초보 재료거든요!"

에이, 그만해야겠다. 괜히 말 시키고 그래.

"왜 벌써 그만해? 비켜 달라고 온 거 아냐."

"어차피 그만할 거였어요."

엄마는 기다렸다는 듯이 그 남자와 나를 엮었다.

"자기 전에, 둘이 나가서 농구라도 하고 오든지……."

표정을 보니 그 남자, 별로 내켜 하지 않는군. 당연하지, 내가 친아들이 아니니까.

엄마를 쳐다보았다.

'빈, 새아빠랑 친하게 지내도록 노력해 줘. 제발…….'

엄마가 눈으로 말하고 있었다. 곧 눈물이 날 것 같은, 슬픈 눈.

나는 고개를 저었다.

'나, 그 남자 별로야.'

나를 바라보며 엄마도 고개를 저었다.

엄마의 눈이 다시 말했다.

'빈, 플리즈. 엄마가 재혼한 건 널 위해서기도 해.'

그 남자가 옆에서 걷고 있어서 나는 보도블록만 세며 걸었다. 하나 둘 셋 넷, 둘 둘 셋 넷, 셋 둘 셋 넷, 넷 둘 셋 넷……. 수많은 보도블록을 지나갔지만, 나의 셈법 때문에 보도블록은 늘 네 개에서 끝났다. 그 남자랑은 아무리 오래 걸어도 딱 보도블록 네 칸만큼만 걸은 걸로 칠 거야.

"빈, 뭘 그렇게 중얼거려? 농구하기 싫으면 그냥 계속 걸을까?"

아까 내가 거부의 뜻으로 고개 젓는 걸 그 남자가 보았나.

농구는 몸을 부딪쳐야 하니 불편하다. 산책하는 쪽이 낫다.

강변을 따라 걷다가 운동기구가 설치된 곳에 다다르자, 그 남자는 두 개가 마주 붙은 자전거를 가리켰다. 싫다는 대답조차 하기 싫어서 그 남자와 마주 보고 앉았다. 천천히 페달을 돌리다가 그 남자의 발을 보니 빠르게도 돌린다.

'내가 질 줄 알고!'

페달 밟는 종아리에 힘을 한껏 주자 그 남자가 드디어 항복했다. 숨을 몰아쉬며 페달을 멈춘 것이다. 자전거 안장에서 일어서는데, 바닥에 놓았던 농구공을 집으며 그 남자가 물었다.

"빈, 축지법 믿니?"

또 그놈의 축지법 타령이다.

 # 6. 진호

빈이랑 우리 아파트 놀이터에서 만나기로 했다.

"아니, 이 밤에 어딜 가?"

아빠가 물었다.

"빈이랑 줄넘기 수행평가 대비하기로 했어요. 요 앞에서 할 거니까 걱정 마세요."

사각팬티 차림이던 아빠는 어느새 반바지에 한쪽 다리를 꿰며 말했다.

"그래, 그래. 아빠랑 같이 가자."

나는 얼굴을 찡그려 괴물처럼 만들어 보였다.

"싫어요. 혼자 갈래요."

빈은 놀이터에 이미 와 있었다. 체육 시간에 우리 둘 다 연달아 2단 뛰기는 실패했다. 2단 뛰기를 한 번 하고, 그냥 뛰기를 대여섯 번 하다가 다시 2단 뛰기를 한 번 하는 식이었다.

오늘 밤에도 큰 성과는 없었다. 그래, 한술 밥에 배부르랴. 자꾸 하다 보면 잘할 수 있겠지.

#7. 빈

진호와 헤어지고 나서, 줄넘기를 두 번 접어 마치 쌍절곤인 양 휘휘 돌리며 걸었다. 옆구리에 찰싹찰싹 감기는 줄이 제법 아프다. 삼거리에 접어드는데 뒤에서 헤드라이트가 비치더니 반갑지 않은 목소리가 들렸다.

"빈, 타라!"

"……괜찮아요."

"타. 이런 경우에 아들은 차에 타는 거다."

내가 자기 아들도 아닌데 무슨 저런 말을 한담? 나는 속으로 투덜거리며 뒷자리에 탔다. 어두운 길을 길게 밝히는 자동차 불빛. 저 멀리 길고양이가 불빛을 가로질러 간다.

유딩딩은 잘 있을까…….

그 남자가 라디오 볼륨을 줄였다.

"어디 갔다 오는 거야?"

대답하기 싫었지만, 엄마의 "플리즈"를 떠올렸다.

"쌩쌩이 연습했어요. 만점 받으려면 서른 개 이상 연속으로 해야 해요."

"아, 쌩쌩이. 그거 해 본 지 오래됐다. 내일 나랑 연습할까?"

대답하지 않았다. 잠깐씩 같이 있는 것도 부담스러운데, 줄넘기 연습까지 같이 하자고?

집 안에 들어서자 엄마는 눈에 띄게 기뻐했다. 그 남자와 함께 들어가서일 것이다.

8. 진호

오늘은 학원 버스를 타지 않고, 빈과 둘이 걸어서 가기로 했다. 빈네 집에 갔더니, 빈은 가방을 메고 마당에 쪼그리고 앉아 있었다.

"야, 뭐 해?"

"쉿!"

빈이 바라보는 곳을 눈으로 따라가니, 뜰을 꾸민 정원석 위에 청회색 줄무늬 고양이가 옆으로 반쯤 눕듯이 앉아 있다.

"아쭈, 고양이 주제에 재, 완전 소파에 기대고 있는 것 같다. 니네 집에서 키우는 애야?"

"아니, 가끔 우리 집에 오는 길냥이."

"근데 왜 도망도 안 가? 겁대가리가 없네?"

"재는 저기가 안전하다고 생각하는 거야. 모든 동물은 안전하다고 생각하는 곳에 머물거든. 사람도 마찬가지야."

"사람도 마찬가지라고? 그럼 우린 안전한 곳에 있는 거냐? 학교가 안전해? 담임이? 여자애들이? 안전한 곳이 없는 것 같은데!"

"……진호야, 우리 유딩딩, 잘 있겠지?"

빈은 유딩딩이 보고 싶은가? 서연이한테 문자라도 보내?

밤 10시, 수업 끝나는 종이 울리자 선생님이 교재를 챙기며 말했다.

"단어집 70쪽부터 단어 100개 외워 오세요! 그리고 진호, 아까 문자 보냈지? 한 번 더 걸리면 부모님한테 전화할 거야."

몰래 한다고 했는데, 이런이런, 딱 걸렸군!

아이들이 의자를 밀치며 일어나는 소리가 요란한데, 부르르 문자가 도착했다.

—아빠는 학원 앞에 있음.

열이 뻗친다. 아무래도 우리 아빠는 졸졸 쫓아다니려고 날 낳았나 봐.

1층 엘리베이터 앞에 아빠가 서 있었다. 더 이상은 참을 수 없다. 더구나 오늘은 약속까지 잡았는데! 아빠한테 말했다.

"빈이랑 갈 데 있어요. 아빠 혼자 가세요."

"응? 이 시간에?"

참 내, 아빠는 자기 맘대로 찾아오면서 나는 왜 내 맘대로 돌아다니면 안 되는 거지? 완전 불공평하다니까.

"아빠는 프라이버시도 몰라? 나도 사생활이 있다고! 자꾸 나만 따라다니지 말고 아빠도 아빠 사생활을 가져!"

소리를 지르려던 건 아닌데 이상하게 소리가 높아져 버렸다. 아빠와 빈이가 놀란 듯했다. 나는 다시 소리를 낮췄다.

"아니, 내 말은, 아빠, 나 좀 데리러 오지 말라고. 창피하다고. 쪽팔려……."

나를 한참 보다가 아빠가 돌아섰다.

"……너무 늦지는 마라."

아빠의 딱딱해진 어조가 맘에 걸리기는 하지만 오늘은 신경 쓰지 말자, 약속이 있으니까. 사과도 하지 말자, 아빠가 지나쳤던 거니까.

 # 9. 빈

"야, 너 왜 그래? 니네 아빠 화나셨잖아! 우리, 갈 데 없잖아."

"있어. 따라와."

학원 옆에 있는 무지개 아파트 단지 안으로 들어섰다.

"저기야!"

무지개 아파트 2동 현관 앞 밝은 불빛 아래 서연이가 서 있다. 우리를 보더니 서연이는 두 손을 앞으로 쭈욱 내밀었다. 보인다, 보여. 유딩딩이다.

나는 유딩딩을 여러 번 쓰다듬었다. 유딩딩도 나를 알아보는지 코를 내 손가락에 톡톡 두드리듯 비볐다.

"안아 봐."

서연이가 말했다.

"그래, 안아 봐."

진호도 말했다.

내가 안자, 유딩딩은 "미옹." 하고 작은 소리를 내더니, 앞발로 허공을 자꾸만 움켰다. 그 귀여운 코에 내 입술을 댔다. 옆구리에 뺨도 대 보았다. 숨결따라 오르락내리락하는 가느다란 갈비뼈는 너무 연약해서 몰랑거리는 느낌이다. 발바닥은 하도 말랑말랑해서 민이가 좋아하는 젤리를 붙인 것 같다. 유딩딩, 너 잘 있구나. 다행이야, 행복해 보여서.

집에 오니 엄마가 늦었다고 혼을 냈다. 그 남자가 말했다.

"사나이가 늦기도 하는 거지, 뭘 그래?"

누가 뭐라든 상관없다. 나는 기분 좋은걸. 그 남자가 편들어 줘서가 아냐. 유딩딩이 안전하다는 걸 확인해서 그래.

 # 10. 진호

도어락 비밀번호를 누르고 집 안으로 들어서자 엄마가 물었다.

"진호야, 아빠랑 무슨 일 있었어?"

"그냥요."

말하기 싫어서 내 방으로 들어왔다.

엄마가 따라 들어왔다.

"아빠랑 왜 같이 안 왔어? 그리고 왜 이렇게 늦었어?"

"아, 쫌!"

화가 뻗쳐서 나도 모르게 소리를 질렀다.

내 목소리가 너무 컸나? 엄마가 깜짝 놀란 듯 어깨를 움찔하는데 아빠가 내 방에 들어왔다.

"아니, 뭘 잘했다고 큰소리야? 아까는 친구들이 많아서 내가 꾹 참았다만, 대체 어디 갔었어?"

"나쁜 짓 안 했어요."

"너 빈이라는 그 애랑 친하던데, 걔 공부 잘하니?"

또 저 소리.

"공부가 뭐가 중요해요?"

"그렇게 말하는 걸 보니까 걔 공부 못하는구나? 어쩐지 애가 기가 없어 보이더라. 너, 요즘 아빠한테 대들고 그러는 것도 걔 영향 아냐?"

빈에 대해 알지도 못하면서 어떻게 저렇게 말하지? 속물.

"아빠, 공부 못해도 좋은 애 많고요, 공부 잘해도 이상한 애 많아요. 그리고 빈이는 공부, 못하지 않아요."

그렇게 소리를 지르곤 침대에 벌러덩 누워 버렸다. 나도 모르겠다. 더는 물러설 수 없어. 때리면 맞지 뭐. 눈을 꾹 감았다. 아빠도 더는 못 참겠나 보다.

"너, 안 일어나? 당장 일어나. 좀 맞아야겠다. 오냐오냐하며 키웠더니만!"

아빠가 곧 내 멱살을 쥐겠구나 싶어서 가슴이 오그라드는 것 같은데, 엄마가 나섰다.

"진호 너, 엄마한테 혼날 줄 알아. 여보, 나가요. 진호, 사춘기잖아, 사춘기."

엄마가 아빠를 달래 데리고 나가는 소리가 들렸다.

아, 사는 게 왜 이리 피곤하지? 엄마 아빠가 나를 끔찍이 사랑하는 우리 집도 이런데, 빈은 얼마나 힘들까?

 # 11. 빈

내가 싫어하는 요일이 있다. 화, 목, 토, 일요일이다. 월, 수, 금에는 학원에 가지만, 나머지 요일 저녁에는 그 남자와 함께 있는 경우가 많다. 그 남자는 왜 밤늦게까지 술도 마시지 않는 거야? 그런 아버지들도 많다던데. 진짜 맘에 안 들어.

저녁도 먹었고 스포츠 뉴스도 봤는데, 9시밖에 안 됐다. 내 방으로 들어가려는데 엄마가 눈치를 보듯 주저하며 말했다.

"바람이 좋은데 아빠랑 걷지 않으련? 엄마는 민이 씻기고 있을게."

"그래, 그러자. 잠깐만 기다려."

그 남자는 방에서 서류 가방을 들고 나오더니 그 안에서 줄넘기를 두 개나 꺼냈다. 웬 거냐는 듯이 엄마가 쳐다보자 그 남자가 말했다.

"빈이랑 연습하려고 샀지. 학교에서 줄넘기 시험 본대."

줄도 천으로 감겨 있고 나무 손잡이가 달린 것이, 아주 묵직해 뵌다.

나 참, 무슨 말을 못 한다니까. 줄넘기 얘기, 괜히 해 줬어.

12. 진호

친구들은 엄마 때문에 못 살겠다고 한다. 이거 공부해라, 저거 공부해라, 이 학원 가라, 저 학원 가라. 그런데 우리 집은 아빠가 완전 엄마다. 제발 관심 좀 끊어 줬으면 좋겠는데, 오늘도 아빠는 체력을 길러야 한다는 이유로 나를 끌고 강변으로 나왔다. 성적도 결국은 체력이 좌우한다나? 그러나 그건 틀린 말 같다. 공부 잘하는 애들은 다 여자애들인데 걔네들은 완전 저질 체력인걸.

윗몸일으키기하는 기구에 누워 하늘을 바라보았다. 별이 하나도 보이지 않는다. 가로등 불빛이 별빛을 가로막아서일 것이다.

"아, 뭐 해. 아직 스물여섯 번밖에 안 했어!"

아빠는 또 재촉이다. 가만, 저기 쟤는 분명 빈인데? 옆에는 걔네 새아빠잖아? 부를까? 아냐, 관두자. 새아빠랑 있으니까 내가 부르면 싫어할 거야. 어? 근데 저 아저씨 대박이다! 어떻게 저렇게 쌩쌩이를 잘하냐? 쉬싱 쉬싱 쉬쉬싱, 줄이 내는 바람 소리가 장난 아니네.

그새를 못 참고 아빠가 쌩쌩이 감상을 방해했다.

"아들! 빨리 하라니까!"

"알았어요. 해요, 한다고요!"

나는 윗몸일으키기 기구에 발을 끼우고 두 팔을 머리 뒤에 받쳤다. 끙차! 스물 일고옵!

 # 13. 빈

학교에 가며 그 남자를 생각했다. 어제 쌩쌩이를 하며 나에게 물었지.

"빈, 나 제법 잘하지?"

그래서 내가 대답해 줬다.

"아빠들이 다 잘하지요, 뭐."

그 남자, 혹시 착각하는 거 아냐? 세상 모든 아빠들이 줄넘기쯤은 다 잘한다는 뜻인데, 자기를 아빠로 생각하는 걸로 착각하면 어쩌지? 어쨌든 줄넘기 열심히 연습해서 그 남자보다 내가 더 잘하고 말 거야. 에이, 그만 생각해야겠다.

복도에 있던 진호가 나를 보자마자 엄지손가락을 치켜들었다.

"봤어. 대박! 완전 쌩쌩이 선수더라. 니네 새아빠, 줄넘기 짱 좋아하지?"

"아냐, 그 남자, 축지법만 좋아해."

어차피 얘기하려던 것, 말해 주었다. 쌩쌩이를 가르쳐 준다고 하다가 결국 그 밤에 권투 도장까지 갔다고.

"뭐? 권투 도장에서 줄넘기를 배운다고? 하긴 권투 선수들은 줄넘기할 때 발이 보이지 않을 정도로 빠르더라. 나도 같이 다닐까? 히유, 근데 안 될 거야. 우리 아빠는 차라리 영어 학원 더 다니라고 할걸! 근데 새아빠랑 같이 다니는 거야?"

"첫날이라 같이 갔는데 좀 재수 없었어. 도장에서 미트를 끼더니 나더러 주먹을 날려 보라는 거야. 자기가 받아 준다고."

"와, 멋있다. 너 완전 권투 선수 같았겠다."

"나는 줄넘기만 할 거야. 권투 같은 거 싫어."

"완전 부럽다."

"도장에서 가르쳐 주는 줄넘기는 차원이 다르긴 하더라. 일단 손을 엉덩이 옆에 이렇게 딱 붙이고 손목만 이용하는 거야. 줄넘기는 손목 스핀이 중요하거든!"

"아쭈, 너, 전문가 포스다!"

"헤헤, 배워서 너한테도 가르쳐 줄게."

진호가 나를 지긋이 바라보다가 말했다.

"니네 새아빠, 좋은 사람인 거 같아."

"……."

그런가? 나쁜 사람 같지는 않다.

"진호야!"

"응?"

"너 그 남자 얘기할 때 새아빠라고 하지 마."

"그럼 뭐라고 해? 그냥 아빠라고 할까?"

"에이, 몰라."

"니네 새아빠 맞잖아."

"……."

#14. 진호

도대체 이해할 수가 없다. 쌩쌩이도 잘하는 괜찮은 새아빠를, 빈은 왜 꼬박꼬박 그 남자라고 하는 거야? 새아빠라고 하든지, 아니면 아빠라고 할 것이지.

"아들! 멍하니 있지 말고 이거나 같이 개자!"

아빠는 잠시도 나를 그냥 두지 않는다. 이번에는 마른 수건을 한 아름 들고 오더니, 같이 개잔다. 그래, 이 정도야 뭐.

"……축지법 좋아하세요?"

"갑자기 웬 축지법?"

"축지법 좋아하는 사람이 있…… 아니, 그냥요!"

아빠는 개던 수건을 옆으로 길게 쫙 펴 들었다.

"진호야, 축지법은 말야, 이런 거야."

아빠는 수건 양 끝을 쥐더니 절반을 접었다.

"어때, 절반을 접으니까 양 끝이 이렇게 만나지? 거리가 확 줄었지? 말하자면, 이런 게 축지법이야."

진짜 웃긴다. 겨우 수건 접는 게 축지법이라고? 솔직히 나는 접힌 수건도 길게 펼치고 싶다. 축지법을 사용해서 단숨에 아빠랑 떨어지고 싶다고!

 # 15. 빈

줄넘기와 샌드백 치기를 하고 나서, 마무리 스트레칭까지 했다. 샤워를 하기 전에 라커를 열고 휴대폰을 확인하니, 그 남자의 문자가 와 있었다.

—빈, 도장 뒤편 편의점 앞에 아빠 있다. 이리로 와.

나를 데리러 왔나 보다. 그 남자는 요즘 왜 부쩍 나에게 다가오는 걸까.

퀴즈처럼 풀어 보자. 엄마랑 결혼했으니까 엄마의 아들인 나를 좋아하려고 억지로 애를 쓰나? 땡! 아닐 거야. 그럴 필요까지는 없을 테니까. 그렇다면 혹시, 같이 살아 보니까 내가 진짜로 좋아졌나? 흠, 그럴 수도 있지. 내가 좀 괜찮긴 하잖아?

나는 정답이라도 맞힌 것처럼 "딩동댕." 하고는 웃어 버렸다.

세수를 하며 거울 앞에 서서 인중과 턱을 자세히 살폈다. 앗, 수염이 좀 자랐네! 기쁜 일이다. 우리 반에는 수염이 많이 나서 전기 면도기를 쓰는 애도 있다. 나도 얼른 그러고 싶다. 무럭무럭

자라라고, 거뭇거뭇한 수염 자리를 쓰다듬어 주었다.

다행히 진호도 수염은 나랑 비슷한 수준이다. 그 남자를 새아빠라고 부르지 말라고 하자, 진호가 그랬지.

"그럼 뭐라고 해? 그냥 아빠라고 할까?"

진호가 한 말이 자꾸 귓가에 맴돈다. 니네 새아빠 맞잖아. 니네 새아빠 맞잖아, 니네 새아빠 맞…….

여드름이 번지지 않게 하려면 세수는 깔끔하게 해야 한다. 비누 거품을 충분히 만들어 얼굴에 문지른 채 거울을 보았다. 눈을 뜨고 있어도 별로 따갑지 않다. 참을 수 있다. 어렸을 땐 비누칠을 한 채 눈을 뜬다는 건 상상도 할 수 없었지. 그래, 눈 똑바로 뜨고 생각해 보면, 진호 말이 맞긴 맞다.

진호에게 못 해 준 대답을, 거울 속의 나에게 해 주었다.

"그래, 그 남자, 우리 새아빠 맞아. 새, 아, 빠!"

하지만 아무리 의붓아버지랑 같이 살아도 '새아빠'라고 부르진 않지, 아마? 새엄마랑 사는 애들도 '새엄마'가 아니라 그냥 엄마라고 불렀던 것 같아.

보이지 않는 진호가 귓속에서 다시 간섭했다.

"그럼 뭐라고 해? 그냥 아빠라고 할까?"

진호 말대로 나도 아빠라고 불러 버릴까. 아빠, 아빠라…….

"아! 빠!"

거울 속의 나에게 아빠라고 부르는 순간, 나는 펄쩍 뛰고 말았다. 앗, 따가워! 눈에 비눗기가 들어갔다. 서둘러 씻어 내고 수건으로 닦았다. 이제 살 것 같다. 가만, 진호가 축지법은 수건이랬지? 이렇게 수건을 반으로 접으면 두 지점이 만난다고. 그렇다면 그 남자는 나랑 만나고 싶은가, 이 수건처럼?

문자 내용대로 편의점 앞에 차가 있었다.

"목마르지?"

뒷자리에 오르자 그 남자가 몸을 뒤로 틀어 청록색 스포츠 음료를 내밀었다.

"……."

음료를 따는데, 그 남자가 내 앞으로 똑같은 음료를 또 하나 내밀었다. 눈이 마주쳤다. 이 음료수로 지금 건배하자는 거야? 나랑? 새아빠랑?

이 책을 읽고자 하는 청소년 여러분에게 … 관계의 온도

여러분은 국어 시간에 문학작품을 읽고 해답을 찾아내는 활동에 익숙해 있습니다. 하지만 문학은 해답이 아니라 질문입니다. 더 정확히 말하자면 굳이 하지 않아도 되는 질문이지만 결국에는 할 수밖에 없게 되는 질문인 것입니다. 문학은 질문의 형태를 띠고 있기에 작품을 읽고 난 뒤 독자들에게 남는 것은 "그렇다면 인간이란 무엇인가? 삶이란 무엇인가?"라는 질문이지 인간과 삶에 대한 하나의 해답이 아닙니다.

물론 이런 질문에 지금 당장 응답하지 않아도 괜찮습니다. 사는 데 별 지장도 없고, 당면한 입시에 도움이 되는 것도 아니기 때문입니다.

그러나 억압된 것은 반드시 회귀합니다. 제대로 응답하지 않고 덮어 두고 간 질문들은 여러분이 어른이 되고 난 후에도 언제든지 되돌아와 더 아프게 두드릴 것입니다. 마치 같은 수두라도 어른이 되어 앓는 것이 어렸을 때 앓는 것보다 훨씬 더 아픈 것처럼 말입니다.

사람이 성장하는 데 있어 기기, 걷기, 말하기 같은 특정한 행동이 발달되는 '결정적 시기'가 있다고 합니다. 이 시기를 놓치면 다음 시기에 이런 발달과업이 보완되기 어렵다는 거지요. 이처럼 여러분이 성장하는 데 있어서도 특정 시기에 반드시 응답하고 넘어가야 하는 질문들이 있습니다. 어린 시절에는 어린 시절 나름의 질문, 청소년기에는 청소년기 나름의 질문 말이지요.

청소년기에는 나와 이 세상, 그리고 삶에 대한 질문이 폭발적으로 늘어납니다. 자아와 세계가 완전히 분리되면서 몸의 성장과 함께 자아의 확대가 급격하게 일어나기 때문이지요. 자아와 세계가 분리되면 나를 객관적으로 볼 수 있게 됩니다. 이제 더 이상 내 꿈은 대통령이라고 하지 않고 이 세상에서 내가 가장 잘생기고, 예쁘다는 부모님의 말을 믿지 않게 됩니다. 그리고 어떤 일을 하면서 평생을 살아야 하나에 대한 궁금증과 두려움도 구체적인 형태를 띠게 되지요.

이렇게 나의 정체성에 대한 질문이 늘어나고 호르몬의 영향으로 몸과 마음이 질풍노도를 겪다 보면 유년기에 다른 사람들과 맺었던 관계의 재설정이 일어납니다. 또한 미래와 진로에 대한 고민도 깊어지고, 타인과 나를 비교하며 느끼게 되는 열등감도 매우 커집니다. 그래서 문학작품을 읽는다는 것은 청소년들에게 아주 중요한 일입니다. 문학은 인간학이라는 말이 있을 만큼 작가들은 이런 문제에 천착하고 있기에, 문학작품을 읽는 것만으로도 큰 힘이 되기 때문이지요.

긴 인생을 살아가는 동안 고차방정식보다 더 어려운 삶의 문제들을 만나게 될 겁니다. 문학작품이 인생의 시뮬레이터는 아니지만, 문학작품이 던진 질문에 대한 답을 스스로 찾아가는 과정 속에서 여러분은 삶의 문제를 해결하는 데 도움이 될 심리적 자원을 얻게 됩니다. 문학작품이 문제집의 모범 답안처럼 정답을 주는 것은 아니지만 적어도 스스로에 대해 고민해 볼 기회를 줄 것입니다.

여러분이 풀어 나가야 할 이런 과제에 대해 우리 스물한 명의 작가들은 세 가지 방향에서 접근해 보고자 했습니다. 나를 둘러싸고 있는 것들은 무엇이며 어떻게 관계 맺어야 하는가, 나의 미래는 어디에서 어디를 향해 나아가고 있는가, 나를 특정한 방식으로 말하거나 행동하도록 충동질하는 이 열등감과 콤플렉스의 실체는 무엇인가가 그것입니다.

일 년이 넘는 작업 끝에 우리는 세 권의 책으로 이루어진 소설집 시리즈를 여러분에게 보냅니다. 『관계의 온도』 『내일의 무게』 『콤플렉스의 밀도』라는 대주제 아래 말입니다. 물론 이 테마는 그저 표지석에 불과할 뿐입니다. 이 주제에 얽매이지 않고 자유롭게 읽어 주기를 바랍니다.

그중에서도 이 책은 『관계의 온도』에 대한 단편집입니다.

인간은 사회적 동물이기에 반드시 타자와 적절한 관계를 맺으며 살아가야 합니다. 적절한 관계를 맺는다는 것은 미지의 대상인 타자를 발견하고, 이해하고, 그 속에서 자신을 새롭게 정의하는 과정입니다. 이렇게 사람들은 하나의 관계를 맺음으로써 또 다른 세상을 발견합니다.

관계 맺음이란 한 개인의 사회적 적응의 차원을 넘어서 세계 이해의 차원으로 이어지는 것입니다. 우리가 쉽게 생각할 수 있는 관계를 생각해 봅시다. 부모와의 관계, 형제와의 관계, 친구나 이웃과의 관계. 이처럼 관계는 자기가 주체적으로 선택하는 것보다는 운명처럼 그냥 주어지는 것들이 많습니다. (친구는 선택하는 게 아니냐고 할 수도 있지만 곰곰이 생각해 보십시오. 내가 이 동네에 살지 않았다면, 혹은 이 친구와 같은 반이 되지 않았다면 과연 친구가 될 수 있었을지를요.) 그래서 적절한 관계 맺기란 쉬운 일이 아닙니다. 내 뜻대로 맺은 것이 아니기에 관계는 때로 고통의 근원이 되는 경우가 많습니다.

우리가 사람들과 관계 맺는 방식을 한번 생각해 봅시다. 사랑, 우정, 친밀감이라는 긍정적인 요소들도 있지만 의존, 억압, 무관심과 같은 부정적 요소들도 많이 있습니다.

그리고 이 관계의 기본 속성은 갈등이라는 겁니다. 사람과 사람이 만나면 의견이 다르고 의지가 충돌할 수밖에 없습니다. 갈등을 잘 조정하고 해결할 수 있는 지혜를 가지고 있는 사람이라면 긍정적 관계를 맺을 수 있지만 그렇지 않다면 고통을 초래하는 부정적 관계를 맺을 수밖에 없습니다.

또한 관계는 개인의 의지만으로 해결되지 않습니다. 많은 경우 적절한 관계 맺기에 실패하는 것이 개인의 탓이 아니라 사회가 갖고 있는 구조적 모순 때문이라는 뜻입니다. 그래서 관계의 문제를 생각할 때는 항상 타자와 나 사이의 균형 잡힌 관계를 어떻게 맺을 것인가를 생각하면서 동시에 현 사회가 가지고 있는 구조적인 문제가 무엇일까도 생각해 보아야 합니다.

이 단편집에는 관계에 대한 일곱 편의 다채로운 이야기가 실려 있습니다. 무거운 이야기도, 가벼운 이야기도 있고, 과거나, 현재, 미래를 바탕으로 한 이야기도 있습니다. 섬세한 심리 묘사를 바탕으로 한 이야기도 있고, 상상의 날개를 성큼성큼 펼쳐 나간 작품도 있습니다.

이 책을 다 읽고 나면 나는 주변과 어떤 관계를 맺고 있는지, 그 관계들을 통해 나는 무엇을 바라고 있으며 또 무엇을 바라지 않는지, 내가 누군가에게 지나치게 의존하거나 혹은 지나치게 억압당하고 있는 건 아닌지 생각해 보면 좋겠습니다. 적절하지 못한 관계는 삶을 고통스럽게 하는 질곡이 되지만 건강한 관계는 삶을 기쁨과 성장으로 이끌어 가는 중요한 밑바탕이 되기 때문입니다.

우리는 이 책을 통해 어떤 교훈을 전하려고 하지 않습니다. 다만 질문을 던지고 싶었을 뿐입니다. 이 질문에 대한 해답을 찾아가는 길은 여러분의 몫입니다. 이 책과 함께 부디 즐거운 여행이 되기를 바랍니다.

_스물한 명의 작가를 대신하여 엮은이 유영진 드림